N & K

Andrea Camilleri

Die Münze von Akragas

Aus dem Italienischen von
Annette Kopetzki

Nagel & Kimche

Titel der Originalausgabe: *La moneta di Akragas*
© 2010 Skira, Mailand
Alle Rechte vorbehalten

1 2 3 4 5   16 15 14 13 12

© 2012 Nagel & Kimche
im Carl Hanser Verlag München
Herstellung: Andrea Mogwitz und Rainald Schwarz
Satz: Gaby Michel, Hamburg
Druck und Bindung: Friedrich Pustet
ISBN 978-3-312-00495-9
Printed in Germany

Die Münze von Akragas

Eins | Quasi eine Prämisse

Einen Tag vor der Wintersonnenwende fiel Akragas den Karthagern nach einer monatelangen Belagerung kurz vor Sonnenuntergang in die Hände.

Nach unserer Zeitrechnung war das im Jahr 406 v. Chr. Ein kalter, sogar ungewöhnlich frostiger Tag, doch niemand spürte die Kälte, weder die in der hitzigen Schlacht erbittert Kämpfenden, noch die in ihrer Todesangst glühenden Bürger.

Und unmittelbar nachdem jeder Widerstand aufgegeben war, brach das Plündern, Verwüsten und Abschlachten los.

Die Karthager stehen unter dem Kommando von Hannibal aus Gescon, dem Enkel von Hamilkar Gelon, welcher in Himera von den Akraganitern besiegt worden war. Eine schmachvolle Niederlage. Diese Niederlage will Hannibal rächen, indem er das mächtige Akragas vernichtet und seine Einwohner niedermetzelt.

Schon erhellen die Flammen des dem Zeus Atabyrios geweihten Tempels auf dem höchsten Hügel die Stadt; im Schein anderer haushoher Flammen zeichnet sich im Tal, unweit vom Meer, der heilige

Ring der sieben großen Schutztempel ab. Akragas hat vor allem wegen des Verrats der achthundert Söldner aus Kampanien kapitulieren müssen. Sie haben sich für fünfzehn Talente an den Feind verkauft und zu anderen im Sold der Karthager stehenden kampanischen Soldaten gesellt, die vom listenreichen Himilkon angeführt werden.

Die restlichen eintausendfünfhundert Söldner im Dienst der Stadt Akragas haben sich unter dem Kommando des Spartaners Dexippos so tapfer geschlagen, dass die Karthager beschließen, ihren Mut mit dem Tod zu belohnen, der Befehl lautet, alle hinzurichten, es werden keine Gefangenen gemacht.

Kalebas konnte dem Blutbad entkommen, er weiß selbst nicht, wie, er hat sich totgestellt und ist stundenlang reglos unter einem riesigen Berg von Leichen liegengeblieben. Fast wäre er sogar im Blut seiner erstochenen Gefährten ertrunken.

Dann hat sich die blinde Zerstörungswut der Karthager auf die Erstürmung des Proserpina-Tempels konzentriert, der von den Männern von Akragas noch immer bis zum letzten Blutstropfen verteidigt wird, denn Hunderte Mädchen und junge Frauen haben sich in das Innere des Tempels geflüchtet, in der vergeblichen Hoffnung, dort grausamen Vergewaltigungen zu entrinnen.

Kalebas weiß, dass wenige Schritte von ihm ent-

fernt einer der geheimen Eingänge zu den unterirdischen Wasservorräten liegt, er hat dort oft Wa-
che gestanden, weil Dexippos fürchtete, ein Verräter
könnte die riesigen Wannen mit Trinkwasser vergif-
ten und der Belagerung so ein Ende bereiten.

Eines Tages ist er aus Neugier dort eingedrungen. Das war gefährlich, weil nur Befugte Zutritt haben und Verstöße sehr streng bestraft werden, weil
außerdem das Netz der Tunnel, die zu den Wannen
führen, sich über die Stadtmauern hinaus erstreckt
und man von unvorsichtigen Eindringlingen erzählt, die sich in dem Labyrinth verirrt haben und
nie mehr zurückgekehrt sind. An jenem Tag ist er
bis zur mittleren Wanne gelangt, hat sich aber nicht
weiter vorgewagt.

Der geheime Eingang ist eine Öffnung, die einem Mann bis zur Brust reicht, eine Art hohes, mit
starken eisernen Stangen vergittertes Fenster, hinter
dem man nichts als Dunkelheit sieht. Packt man die
Gitterstäbe auf eine bestimmte Weise mit beiden
Händen und drückt sie kräftig nach unten, geben
sie allesamt nach und lassen sich dann von innen
wieder einsetzen.

Zur Sicherheit wartet Kalebas noch eine Weile.
Dann versucht er sich zu bewegen, doch er schafft
es nicht, die langen Stunden der Bewegungslosig-
keit haben ihn gelähmt. Seine Glieder schmerzen.
Aber er muss handeln, jede Minute, die so vergeht,

macht es schlimmer. Auf die Hände gestützt, gelingt es ihm, seinen Rücken ein paar Zentimeter zu krümmen. Mehr erlaubt das Gewicht der Leichen über ihm nicht. Doch während er kleine Bewegungen macht, spürt er nach und nach seine ganze Kraft wieder in sich erstehen wie eine halberloschene Leuchte, die wieder mit Öl gespeist wird.

Eine Stunde später ist er unter dem Haufen hervorgekrochen, hat sich im Licht eines in der Nähe brennenden Hauses seiner Kleider entledigt, die vom geronnenen Blut steif geworden sind, und sich die Toga und die Schuhe eines Bürgers von Akragas angezogen, der mit gespaltenem Schädel daliegt. Von seinen Sachen behält er nur den Dolch mit dem Gurt, die Feldflasche und das Säckchen mit den kostbaren Goldmünzen, seinem Lohn für eine lange Arbeitszeit, etwa acht jener Spannen, die wir heute Monate nennen.

Es sind eigens für diesen Zweck, als Sold für die Soldaten geprägte Münzen, auf der einen Seite sieht man einen Adler mit ausgebreiteten Flügeln und einen Hasen, auf der anderen einen Krebs und einen Fisch. Jede wiegt 1,74 Gramm in Gold, so viel wie die tägliche Ration Weizenmehl, denn in den letzten Monaten fand sich in Akragas leichter Gold zum Schmelzen als Getreide, und eine Münze entspricht dem Lohn für sechs Tage. In Kalebas' Säckchen befinden sich achtunddreißig dieser Münzen. Während der acht Monate Belagerung hat er gerade einmal zwei für Wein und Hetären ausgegeben. Wenn der Feind gegen die Tore drängt, bleibt dir wenig Zeit für Muße und Vergnügen.

Jetzt ist er in dem unterirdischen Gang, das Gitter hat er wieder eingesetzt. Gebückt geht er durch das Dunkel, er muss zwanzig Schritte geradeaus, dann nach rechts abbiegen, sich fünf Schritte später nach links wenden und immer geradeaus weitergehen. Doch dies ist kein Stollen mehr, sondern ein ziemlich hoher und etwas abschüssiger, in den Tuffstein gegrabener Gang, gelegentlich von Fackeln erleuchtet, die in der Wand stecken.

Nach dreihundert Schritten trifft er auf eine kleine Wanne, eine Art Badebecken, das zur Klärung des Wassers dient. Er legt die Toga, die Schuhe, den Dolch, die Tasche und die Feldflasche ab und steigt hinein. Das Wasser ist kühl, augenblicklich fühlt er sich erfrischt. Er wäscht sich sorgfältig, bis er sicher ist, alle Spuren von Blut beseitigt zu haben. Rasch kleidet er sich an, trocknen wird er im Gehen. Er hat einen langen Weg vor sich.

Natürlich wäre es besser, wenn er ein Stückchen Himmel sehen könnte. In zehn Jahren Söldnerdienst hat er vieles gelernt, womit er seine Haut retten konnte, darunter auch, wie man sich an den Sternen orientiert.

Dennoch hat er keine Angst, ihn erfüllt die

grundlose Gewissheit, dass es ihm irgendwie gelingen wird, den richtigen Weg aus diesem Labyrinth zu finden.

Plötzlich erkennt er, dass er die letzte Fackel hinter sich gelassen hat. Die Dunkelheit könnte ihn in die Irre führen. Er kehrt zurück, nimmt die Fackel von der Wand und setzt seinen Weg fort.

Jetzt muss er gebückt vorangehen und wird sehr müde. Aber er will nicht anhalten, er ahnt, dass die Erschöpfung Oberhand gewinnen wird, wenn er sich auf den Boden setzt, um ein paar Minuten auszuruhen. Ratten, groß wie Katzen, flitzen vor seinen Füßen über den Boden, oft streift er mit der Stirn schlafende Fledermäuse, die von der Decke herabhängen. Dann verzweigt sich der Stollen plötzlich. Kalebas weiß, dass er eine Entscheidung treffen muss, von der sein Leben abhängt. Eine Wahl, die keinen Irrtum gestattet. Er schließt die Augen, beschwört den Instinkt, der ihn schon oft gerettet hat. Nichts, kein Hinweis kommt aus seinem Inneren, er muss sich dem Zufall anvertrauen. Er öffnet die Augen und nimmt die Abzweigung nach links.

Nach gut zwanzig Schritten spürt er, dass etwas nicht stimmt, aber er weiß nicht, was. Er bleibt stehen, denkt nach. Eine Ratte huscht zwischen seinen Beinen hindurch. Jetzt hat er begriffen. In diesem Stollen gibt es keine Fledermäuse. Was kann das bedeuten? Er denkt noch einmal nach, und schließlich gibt er sich die einzig mögliche Antwort. Der Tunnel, durch den er soeben gegangen ist, führt nicht zu einem der vielen geheimen Eingänge, sondern zurück zu den Wegen ins Innere, die auf den Mittelpunkt des unterirdischen Kanalsystems zulaufen. Von dort aus müssten die Fledermäuse zu weit fliegen, um wieder ins Freie zu gelangen. Er kehrt zurück, setzt seinen Weg in dem Stollen fort, der nach rechts abbiegt. Je weiter er kommt, desto zahlreicher werden die von der Decke hängenden Fledermäuse.

Nachdem er noch eine Ewigkeit weitergegangen ist, spürt er, dass er eine andere Luft atmet. Der Modergeruch, die stickige Luft geschlossener Räume, der Schimmel sind fast völlig verschwunden, stattdessen ein schwacher, entfernter Duft nach nasser Erde und Gras. Er weitet die Nasenflügel, so sehr er kann, atmet tief ein. Nein, er irrt sich nicht.

Er geht schneller, und plötzlich hat er den ersehnten Ausgang vor sich, den auf der Außenseite dichte Macchia aus Wildkräutern verbirgt. Er hat es geschafft! Die letzten Kräfte verwendet er darauf, sich mit dem Dolch eine Bresche durch die Zweige des Gebüschs zu schlagen, dann schlüpft er ins Freie.

Er braucht nicht lang, um zu erkennen, dass er jenseits der Stadtmauern hervorgekommen ist. Er steht auf einem Felsvorsprung, der aus einem Hügel herausragt wie ein Stoßzahn. Die Nacht ist klar, doch nicht hell genug, um gefahrlos den Hügel hinabzuklettern. Besser, er wartet das Morgengrauen ab. Ohnehin verfolgt ihn keiner mehr. Er betrachtet die Sterne, berechnet seinen Standort. Sofort weiß er, welchen Weg er gehen muss, um zum Handelsplatz am Meer zu gelangen und sich auf dem Markt unter die Kaufleute zu mischen. Noch etwa drei Stunden bis Sonnenaufgang. Jetzt darf er sich ausruhen. Doch es ist zu kalt, um im Freien zu schlafen. Er kehrt in den Stollen zurück, setzt sich auf den Boden, den Rücken an die Wand gelehnt, und zieht seine Sandalen aus, die ihn schmerzhaft drücken. Er schläft ein.

Das erste Licht, das durch die dichten Macchiabüsche fällt, weckt ihn auf. Er muss sofort weitergehen. Während er sich erhebt, beschließt er, die Sandalen nicht wieder anzuziehen, seine Füße schmerzen noch immer. Um aus dem Stollen herauszukommen, drückt er mit beiden Armen die Zweige vor der Öffnung beiseite und steigt mit dem linken Fuß voran aus dem Loch.

Sofort spürt er einen stechenden Schmerz in der Fußsohle. Das war sicher ein Biss. Doch was hat ihn gebissen?

Im Freien auf der Erde sitzend, besieht er sich die Wunde. Es war eine Viper, er erkennt die winzigen Löcher der drei Zähne sofort. Schlangenbisse im Winter sind selten, aber fast immer tödlich. Kalebas verzweifelt nicht, er ist ein tapferer Mann. Mit dem Gurt bindet er sich das Bein oberhalb des Knies ab, dann schneidet er mit dem Dolch tief in jedes der drei Löchlein und lässt das Blut herausströmen. Nach einer Weile reißt er ein Stück Stoff aus der Toga und verbindet die Wunde. Was auch immer geschehen wird, fest steht, dass er sich vorerst nicht von hier wegbewegen kann.

Kalebas stirbt nach drei Tagen Todeskampf. Das Letzte, was er in seinem Delirium tut, ist, dass er aufsteht, den Beutel mit den Goldmünzen öffnet und sie weit von sich schleudert.

Dann stürzt er von dem Felsvorsprung.

Zwei | Der Bauer und der Arzt

Der Amtsarzt von Vigata, Doktor Stefano Gibilaro, schlägt wie immer um vier Uhr morgens die Augen auf, reckt die Glieder und steigt vorsichtig aus dem Bett, um seine Frau 'Ndondò nicht zu wecken. Er weiß zwar, dass nicht einmal Kanonenschüsse sie wecken könnten. Aber man lässt es lieber nicht auf einen Versuch ankommen.

Er geht sofort in die Küche, um den Kaffee zu trinken, der am Abend zuvor gekocht wurde und in einer speziellen Kaffeekanne aus Keramik warmgehalten wird, in der unten in einem Eckchen ein Wachslicht brennt.

An diesem Tag, dem 20. Dezember 1909, wird er fünfzig Jahre alt. Doch für ihn ist es ein Arbeitstag wie jeder andere. Oder besser, der einzige Unterschied wird darin bestehen, dass er pünktlich zum Mittagessen wieder zu Hause sein muss, nicht verspätet, wie so oft, weil ihr einziger Sohn Michele im Laufe des Vormittags aus Palermo, wo er Medizin studiert, ankommen wird, um den väterlichen Geburtstag zu feiern. Er wird die unvermeidlichen sechs Cannoli aus der preisgekrönten schweizerischpalermitanischen Konditorei mitbringen, von denen Gibilaro Sodbrennen bekommt.

Er macht das Badezimmerfenster weit auf. Die Nacht ist sternenklar, aber kalt. Er betrachtet sich im Spiegel. Und erliegt vielleicht zum ersten Mal in seinem Leben einem Anflug von Eitelkeit. Na ja, für einen Fünfzigjährigen sieht er gar nicht übel aus. Im Gegenteil. Er könnte sich gut und gerne ein paar Jährchen abziehen. Und als tüchtiger Arzt weiß er, dass seine inneren Organe alle noch in Ordnung sind, ganz ohne Zipperlein. Er stutzt sich mit der kleinen Schere ein wenig den Schnurrbart.

Cosimo Cammarota, sechzig, wacht so gegen vier auf. Braucht fünf Minuten fürs Waschen im Brunnen draußen vorm Häuschen, wo er allein lebt, denn seine Frau Nunziata ist vor fünfzehn Jahren gestorben, und sein Sohn Pitrino sitzt im Gefängnis wegen Mordes, und seine Tochter Rosalia ist Dienstmädchen im Haus von den Herrschaften Scozzari, und nachdem er einen halben Laib Brot und ein gekochtes Ei in sein Bündel getan und die große Schaufel genommen hat, geht er hinkend zur Abzweigung der Commarella, denn da ist 'Ntonio Prestia, der wartet mit dem Maultier.

Hinken tut er, weil er vor zwanzig Jahren, wie er auf den Ländereien vom Marchese Laurentano den Boden gehackt, einmal zu viel Sonne abgekriegt und den Drehwurm im Kopf gehabt hat, und da hat er sich mit der Schaufel so tief ins linke Bein gehauen, dass er's um ein Haar sauber abgeschnitten hätte.

Um das Blut aufzuhalten, hat er die Haut von einer Schlange auf die Wunde gelegt, die hatte sich grad gehäutet, und hat alles mit einem Fetzen vom Hemd verbunden. Kommt, wie's kommen muss, nach einer Woche war das Bein noch nicht heil, nein, es war sogar dunkelblau geworden und aufgegangen wie ein Hefebrot. So konnte er nicht mehr vom Bett aufstehen.

Da ließ sein Sohn, damals hatte er noch nicht den Mord begangen, den Amtsarzt holen, den Dottore Gaspano Giuffrida, der Ärmste war nämlich zu alt geworden, um andauernd übers Land zu ziehen und die Kranken zu heilen. Wie Dottore Giuffrida ihm den Verband abnimmt und die Wunde sieht, fängt er gleich an, dass das Bein brandig geworden ist und dass es kein Heilmittel mehr gibt, er muss sofort amputieren.

«Was soll das heißen, amputieren?», fragt Cosimo.

«Das soll heißen, dass ich's dir bis zum Knie abschneide», antwortet der Doktor.

Dann bestellt er ihn für morgen früh in seine Praxis, damit er die Operation machen kann, und geht.

Aber ein Landmann ohne Bein ist kein Landmann mehr. Ein Baum ohne Wurzeln ist der. Ein trockner Baum gibt wenigstens noch Brennholz. Ein Landarbeiter ohne Bein aber ist nutzlos, der taugt zu gar nichts mehr. Nicht mal Dünger kann man draus machen.

Erst dachte er daran, sich in den Brunnen zu stürzen, um zu ersaufen, dann fiel ihm ein, es gab im Ort ja noch einen anderen Arzt, der war so um die dreißig und hieß Stefano Gibilaro.

Noch am selben Nachmittag lässt er sich hinbringen, den Esel hat er sich vom Nachbarn geborgt. Kurzum, es kommt so, dass der Dottore Gibilaro ihm nicht nur das Bein nicht abgeschnitten hat, er hat's ihm auch in einem Monat geheilt, ist bloß ein bisschen steif geblieben. Und am Ende wollt er noch nicht mal bezahlt werden.

Nach einem Ritt von anderthalb Stunden verlässt der Doktor den Feldweg und schlägt einen Ziegenpfad ein, an dessen Ende ein kleines Bauernhaus steht, das Heim der Cusumano.

Er muss eine Visite bei der vierzigjährigen Amalia machen, einer unverheirateten Mutter von drei Mädchen, die im Ort leben, wo sie das älteste Gewerbe der Welt ausüben. Doch sie sind liebevolle, anhängliche Töchter, darum sorgen sie abwechselnd eine Woche lang für die Mutter. Die ist zum

Skelett abgemagert, die Krankheit hat sie ausgezehrt.

Agata, die jüngste Tochter, achtzehn Jahre alt, steht praktisch nackt auf dem Hof und wäscht sich mit Wasser aus einer Schüssel. Sie lächelt ihn an.

«Wie geht's deiner Mutter?»

«Schlechter als sonst. Heut Nacht hat sie immerfort vor Schmerzen geschrien.»

Er geht ins Haus. Agata folgt ihm, so wie sie ist, in der Unterhose, mit bloßer Brust. Als Amalia sieht, dass der Doktor sich über das Bett beugt, erkennt sie ihn und packt ihn am Arm.

«Gib mir die Spritze!», fleht sie ihn mit hauchdünner Stimme an.

Der Doktor entwindet sich ihrem Griff, öffnet das Köfferchen, das er auf dem Tisch abgestellt hat, und bereitet die Morphiumspritze vor. Eine ordentliche Dosis, denn so oder so …

Agata begleitet ihn nach draußen. Als der Doktor aufs Pferd steigen will, nimmt sie seine Hand, küsst sie.

«Danke …»

Dann legt sie die Hand des Doktors auf ihre nackte Brust.

«Wenn Euer Gnaden möcht …»

Der Doktor antwortet nicht, lächelt sie an, steigt auf und reitet davon.

Von der Abzweigung Commarella bis zum Sperone haben Cosimo und 'Ntonio auf dem Maultier zwei Stunden gebraucht. Dies Gelände heißt so, weil es unter einer Art Felsvorsprung liegt, der aus dem Berg von Cassaro herausragt wie ein Sporn. Der Berg markiert die Grenze zwischen dem Gebiet von Vigata und dem von Girgenti, was früher mal, zur Zeit der Griechen, eine große Stadt war, die hieß Akragas.

Der Boden gehört zum Grundbesitz vom Baron Loduca, und mitten hindurch geht ein Feldweg, der zu zwei Bauernhäusern führt. Drumherum ist alles Gebiet von Girgenti. Nach nicht mal fünf Minuten kommt Ernesto. Vierzig ist er und lacht immer, vielleicht muss er eine Fliege verscheuchen, die ihm auf der Nase sitzt.

Jetzt ist die Mannschaft komplett, sie können mit dem Hacken anfangen. Seit einer Woche arbeiten sie hier, haben aber so gut wie gar nichts geschafft. Dieser Boden ist seit Jahren nicht umgepflügt worden, kein Mensch weiß, wieso der Baron auf die Idee kommt, es ausgerechnet jetzt zu tun.

So hart ist die Erde, dass ihre Schaufeln gerade mal in die Oberfläche eindringen, wo die Erde vom Regenwasser aufgeweicht ist, aber gleich darunter ist sie trocken und hart wie Stein. Eine Schinderei, bei der man sich den Rücken kaputt macht.

Nach einer Stunde gerät Cosimo an eine Scholle,

die ist so groß, dass er beschließt, sie mit einem Spatenhieb in zwei Teile zu hauen. Als die Scholle aufbricht, erblickt er mittendrin so was wie ein Glitzern, das kommt von der Sonne, die schon hoch steht.

Er bückt sich, hebt das glitzernde Ding auf.

Eine Münze ist es, winzig klein, und scheint, nach dem bisschen, was man sieht, aus Gold. Aber der größte Teil ist mit Erde verkrustet, die ist fast so hart geworden wie Metall. Er tut die Münze in seinen Sack, ohne 'Ntonio und Ernesto was zu sagen, und hackt weiter.

Nach einer Viertelstunde hört er mit dem Hacken auf und läuft, eine Hand auf dem Bauch, hinter einen großen Busch.

«Was ist los?», fragt 'Ntonio.

«Hab Dünnschiss.»

Und während er sein Geschäft erledigt, säubert er gewissenhaft die Münze, indem er draufspuckt und sie mit dem Hemdzipfel abwischt. Er kommt zurück zum Arbeiten.

Nach nicht mal zehn Minuten rennt er schon wieder hinter den Busch.

«Jungs, mich hat's übel erwischt!»

«Steck 'n Pfropfen rein!», ruft ihm Ernesto lachend hinterher.

Jetzt glänzt die Münze endlich. Er wird sie Dottore Gibilaro schenken, weil der sagt den Bauern immer, wenn sie irgendwo im Boden alte Münzen finden, dann nimmt er die gern und zahlt gut dafür. Hat schon viele von diesen Münzen, der Dottore, hat welche aus der Zeit der Griechen, der Römer, der Spanier, der Franzosen, der Bourbonen, aber er will immer mehr, hat nie genug. Jedenfalls wird sich Cosimo keinen Centesimo für die Münze geben lassen, die ist für das Mal, als der Dottore ihm das Bein nicht abgeschnitten hat.

Dottore Gibilaro muss den letzten Patienten besuchen, Tallarita, dessen Häuschen direkt auf der Grenze zwischen Vigata und Girgenti steht, in der contrada Sperone.

Er schaut auf die Uhr. Sehr gut, er wird pünktlich zum Mittagessen zu Hause sein können und keinen Ärger mit 'Ndondò bekommen.

Der Besuch bei Simone Tallarita, eine Art Sammler von Krankheiten, von chronischer Bronchitis über Zirrhose bis zur Venenentzündung, dauert eine halbe Stunde. Dann schlägt der Doktor endlich den Feldweg ein, der ein Stück weit durch den Grundbesitz von Baron Loduca läuft. Das ist der kürzeste Weg zurück nach Vigata.

Nach einer Weile sieht er drei Feldarbeiter beim Umgraben. Auch die Bauern haben ihn gesehen und aufgehört zu arbeiten, um herbeizueilen und sich in einer Reihe am Wegrand aufzustellen, als müsse er ihre Parade abschreiten. Als er auf ihrer Höhe angekommen ist, nehmen die drei ihre coppole ab.

«Ergebenst Eure Diener.»

«Guten Tag», sagt der Doktor im Vorüberreiten. Doch eine Stimme hält ihn auf.

«Dottore, wartet!»

Er hält das Pferd an, dreht sich um, erkennt den Mann, der ihn angesprochen hat. Es ist Cosimo Cammarota, einer, dem er vor vielen Jahren ein Bein gerettet hat.

Cosimo kommt lächelnd näher. Seine beiden Kameraden folgen ihm neugierig.

«Was gibt's?», fragt der Doktor.

Er möchte keine Zeit verlieren, seine Minuten sind gezählt.

«Ich hab was, das will ich Euch schenken», sagt Cosimo. Und er steckt eine Hand in die Tasche.

Drei | Das Erdbeben

Zweitausenddreihundertvierzehn Jahre nach Akragas wird eine andere sizilianische Stadt bis auf die
Grundmauern zerstört. Doch dieses Mal ist es eine
Naturkatastrophe. Messina beginnt am Morgen des
28. Dezember 1908 um 5.20 Uhr zu sterben. Zwei-
unddreißig ewige Sekunden dauert ihr Todeskampf,
dann versetzt eine Riesenwelle, ein Tsunami, wie
man heute sagen würde, die den Hafen und die
Uferstraßen wegfegt, ihr den Gnadenstoß. Später
wird man erfahren, dass es sich um das verhee-
rendste Erdbeben handelt, das Italien je heimge-
sucht hat, weit schwerer als das Beben, durch das
zwei Jahre zuvor San Francisco dem Erdboden
gleichgemacht wurde. Das Epizentrum wird im Meer
zwischen Messina und Reggio Calabria lokalisiert,
tatsächlich erlitt auch diese Stadt sehr schwere Schä-
den und große Verluste an Menschenleben. Die Anzahl der Toten, die man zählen kann, wird sich
schließlich auf etwa 120000 belaufen.

Freilich hätten es noch wesentlich mehr werden
können, wenn die russische Ostsee-Flotte, die während jener Tage im Mittelmeer kreuzte, um ihre Ma-

rinekadetten auszubilden, im Moment des Bebens nicht bei Augusta vor Anker gelegen hätte.

Admiral Litwinow, Kommandant der Flotte aus den Panzerkreuzern Slawa und Zessarewitsch, den Schlachtschiffen Admiral Makarow und Bogatyr, sowie den Kanonenbooten Giljak und Korejez, bittet seine Vorgesetzten in Russland sofort um Erlaubnis, die Schiffe an den Ort der Katastrophe steuern zu dürfen, um dort Hilfe zu leisten. In jenen Jahren sind die Beziehungen zwischen Italien und Russland ausgezeichnet. Mit der italienischen Flotte im Geleit hat der König Vittorio Emanuele dem Zaren einen Besuch abgestattet, und der Zar zeigte großes Interesse an den Experimenten, die Marconi an Bord des Kreuzers Carlo Alberto durchführt. Beide Herrscher verbindet außerdem die Liebe zur Numismatik. Der Zar erwiderte den Besuch des Königs alsbald mit einer Reise nach Italien. Seither pflegen russische und italienische Kriegsschiffe sich gegenseitig Höflichkeitsbesuche abzustatten. Noch am selben Tag um 21 Uhr erreicht Litwinow die Einwilligung Russlands.

Der Admiral befiehlt augenblicklich, die Anker zu lichten und Kurs auf Messina zu nehmen, das er gut kennt, weil er schon einmal dort war. Er ahnt, welch eine ungeheure menschliche Tragödie und Zerstörung ihn erwartet, wenn er in Messina an Land geht. Darum versammelt er, während die Motoren mit voller Kraft auf Messina zusteuern, die Kapitäne aller Schiffe auf der Kommandobrücke und organisiert mit bewundernswertem Geschick die Hilfsmaßnahmen. Die dreitausend Männer, über die er verfügt, unterteilt er in viele kleine Gruppen, denen er jeweils genaue Aufgaben zuweist. Eine Gruppe wird Feldlazarette errichten und die Verwundeten versorgen, eine zweite wird die Schwerverletzten an Bord der Schiffe bringen, eine dritte wird für den Transport der Verletzten sorgen, die nicht mehr gehen können, eine vierte wird den Überlebenden Trost und Hilfe zukommen lassen …

An der Spitze der medizinischen Equipe soll Doktor Alexander Bunge stehen, weithin bekannt für seine Polarexpeditionen und den Mut, den er während der Belagerung von Port Arthur angesichts des unerbittlichen Kanonenbeschusses durch die Japaner bewies.

Litwinow bildet außerdem eine große Anzahl kleiner Gruppen, die jeweils nur vier Mann umfassen, und weist ihnen eine besonders wichtige Aufgabe zu: Sie sollen die lebendig Begrabenen aus den Trümmern ziehen. Das erfordert Gewandtheit, Entschlusskraft und praktischen Sinn. Jedem der Unteroffiziere an der Spitze dieser Gruppen, die mit allem Nötigen wie Spitzhacken, Schaufeln, Spaten, Seilen, Karren und Tragen ausgerüstet sind, ordnet der Admiral einen Kadetten mit einem Inge-

nieurstudium zu. Dessen Ratschläge können nütz-
lich sein.

Zuletzt stellt Litwinow ein Dutzend bewaffnete
Patrouillen aus jeweils drei Männern zusammen, denen ein nicht besonders angenehmer Auftrag er-
teilt wird: alle Fledderer hinzurichten, die sie beim
Plündern in den Trümmern erwischen.

Als die Flotte am 29. Dezember um sieben Uhr
morgens vor den Überresten des Hafens auftaucht
und von den Schiffen der Kaiserlich Russischen Marine, auf denen die Flagge mit dem blauen Kreuz
weht, Beiboote zu Wasser gelassen werden, weiß darum ein jeder der dreitausend Seeleute in diesen
Booten ganz genau, was er zu tun hat, sobald er an
Land geht.

Natürlich werden schon bald andere Helfer an
den Ort der Katastrophe eilen, auch Matrosen und
Kadetten einiger Kriegsschiffe der englischen Marine. Die Effizienz der zaristischen Mannschaften
weckt so große Bewunderung bei den englischen
Kadetten, dass einige spontan in den Dienst der russischen Unteroffiziere treten, welche die Tag und
Nacht arbeitenden Hilfstruppen befehligen.

Die Berichte italienischer und ausländischer Reporter sind voller Lob über die Mannschaften, die
Verschüttete bergen. Tatsächlich errechnet man am
Ende, dass jede Gruppe pro Stunde einen Menschen aus den Trümmern hervorgezogen hat.

Zur legendären Symbolfigur dieser heroischen Helfer (die den Verlust von drei Männern zu beklagen haben) wird der Oberkanonier Polukin, ein wahrer Herkules, der ganz allein schwere Steinblöcke und Pfeiler anheben kann.

Innerhalb einer Tragödie von so gewaltigem Ausmaß spielen sich auch zahllose individuelle Tragödien ab.

Eine von ihnen bringt die Münze von Akragas wieder ins Spiel. Carlo Demaria, Anwalt und Leiter einer großen Import-Export-Firma, zählt zu den wichtigen Männern der vornehmen Gesellschaft Messinas. Er ist verheiratet und hat eine sechsjährige Tochter, Caterina. Die Familie lebt in einer hübschen, von einem kleinen Garten umgebenen Villa. Am Morgen des 28. Dezember besteigt Demaria um 5.20 Uhr gerade sein Pferd, weil er im Nachbarort ein Geschäft zu erledigen hat. Die Wucht des Erdstoßes wirft ihn zu Boden, wo er eine Weile benommen liegenbleibt. Als er sich wieder erhebt, ist seine Villa ein unförmiger Haufen Schutt. Um ihn herum stürzen unter ohrenbetäubendem Lärm Häuser in sich zusammen, und ein dichter Nebel steigt auf, in dem man nichts mehr erkennt. Aber es ist kein Nebel, sondern der Staub, der sich aus den zerstörten Gebäuden erhebt. Carlo gelang es trotzdem auf den Trümmerberg zu klettern, und jetzt ruft er, bäuchlings auf den Steinen liegend, laut nach Frau und Tochter. Aus einer unendlichen Ferne hört er die Stimme der kleinen Caterina. Er fängt an, um Hilfe zu schreien, doch die Menschen, die vorübergehen, scheinen ihn nicht zu hören, entweder irren sie orientierungslos umher oder halten sich beim Laufen die Ohren zu. Carlo gräbt mit den Händen. Er braucht vier Stunden, bis er begreift, dass er allein nichts ausrichten wird. Also läuft er ins Rathaus. Das nicht mehr existiert. Doch in der Nähe stehen der stellvertretende Bürgermeister und einige Stadträte. Carlo bekommt zwei Schaufeln und einen Polizisten als Helfer.

Sie graben den ganzen Tag, ohne sichtbare Fortschritte zu machen. Als der Abend anbricht, verabschiedet sich der Polizist zu Tode erschöpft. Mit der Kraft der Verzweiflung gräbt Carlo die ganze Nacht weiter. Am nächsten Morgen sieht er in der Bucht Kriegsschiffe ankommen. Er erkennt die Flaggen: Es sind Schiffe der Russischen Kriegsmarine. Er läuft zu seinem engen Freund Savastano, der das Amt des russischen Konsuls in Messina bekleidet. Savastano soll bei den Hilfstruppen ein gutes Wort für ihn einlegen. Doch er muss erfahren, dass Savastano wahrscheinlich mit seiner ganzen Familie umgekommen ist. Also eilt er zum Hafen und gibt sich gegenüber den Matrosen der ersten anlandenden Schaluppe, Französisch sprechend, als der russische Konsul aus. Er hat Glück: In diesem Boot sitzt eine der Bergungstruppen. Drei Stunden später retten die Russen die kleine Caterina, die nicht einmal verletzt ist. Für ihre Mutter aber kommt jede Hilfe zu spät. Von diesem Moment an muss Carlo Demaria weiter den russischen Konsul spielen. Ihm wird ein Zelt zur Verfügung gestellt, über dem die Fahne des Zarenreichs flattert.

Am späten Nachmittag des Tages, an dem das Erdbeben stattfand, füllt Marchese Stefano Longhitano einen Koffer mit Bargeld, steckt sich Juwelen und einen überaus wertvollen Gegenstand in die Tasche und verlässt Girgenti, das einstige Akragas, mit der Kutsche Richtung Messina.

Dort ist seine Frau Angela seit drei Tagen zu Gast bei ihrer Freundin Irina Kropotkin, einer Russin, die vor vielen Jahren den Baron Giummarra heiratete. Der Marchese will seine Frau wiederfinden, er ist bereit, seinen gesamten Besitz bis auf den letzten Centesimo dafür auszugeben.

Am Nachmittag des folgenden Tages kommt er in Messina an. Vor den Toren dessen, was einst die Stadt war, muss er aus der Kutsche steigen und mit dem Koffer in der Hand zu Fuß weitergehen. Den Palazzo Giummarra gibt es nicht mehr.

Verzweifelt geht er ins Rathaus. Welches aus einem Tisch und einem Angestellten besteht, vor dem eine endlos lange Menschenschlange ausharrt.

Während er wartet, bis er an der Reihe ist, erfährt er, dass die Russen Listen mit den Namen aller von ihnen geretteten Personen aufstellen. Er kann sich nicht länger gedulden, die Sorge frisst ihn auf. Er verlässt die Warteschlange und läuft zum Hafen. Da bemerkt er ein Zelt mit einem Schild über dem Eingang, das die Aufschrift trägt: Russisches Konsulat. Er tritt ein.

«Sie wünschen?», fragt Demaria in seiner Rolle als falscher Konsul.

Der Marchese erzählt ihm alles.

Demaria überprüft die Listen. Dann schaut er zum Marchese auf, lächelt und sagt:

«Sie sind alle drei lebend aus den Trümmern geborgen worden. Der Baron ist ernsthaft verletzt, doch die beiden Frauen haben nur leichte Verletzungen davongetragen. Sie werden an Bord der Zessarewitsch, dem Admiralsschiff, behandelt.»

«Darf ich zu meiner Frau?», fragt der Marchese.

«Ich werde sehen, was ich tun kann», antwortet der falsche Konsul.

Nach der Begegnung mit seiner Frau kann sich Stefano Longhitano vor Freude kaum fassen.

Er will die Truppe ausfindig machen, die seine Angela aus den Abgründen der Hölle herausgezogen hat, um die Männer mit Geld zu überschütten. Doch der falsche Konsul teilt ihm mit, dass der

Admiral seinen Mannschaften eine präzise Order gegeben hat: Geschenke der dankbaren Bevölkerung sind freundlich, aber entschlossen abzulehnen. Der Marchese darf sich seines Koffers nicht bedienen.

Zwei Tage später wird Signora Angela aus dem Schiffslazarett entlassen. Doch bevor er mit seiner Frau nach Girgenti zurückfährt, will sich der Marchese persönlich bei Admiral Litwinow bedanken.

Und wunderbarerweise gelingt es ihm durch Demarias Vermittlung.

Die Begegnung ist kurz. Beim Abschied zieht der Marchese eine kleine Schachtel aus der Tasche und öffnet sie.

Darin liegt eine kleine goldene Münze.

«Eine absolute Rarität», erklärt er. «Es handelt sich um eine Münze, die um 400 vor Christus in Akragas während der Belagerung durch die Karthager geprägt wurde. Auf der ganzen Welt scheint es kein zweites Exemplar mehr zu geben.»

Demaria erbleicht. Hat er ihm nicht mehrmals gesagt, dass der Admiral seinen Leuten kategorisch befohlen hat, Geschenke der Bevölkerung abzulehnen?

Darum staunt er sehr, als er sieht, wie Litwinow das Geschenk annimmt.

«Danke», sagt der Admiral. «Wenn Sie nichts dagegen haben, werde ich mir erlauben, sie meinem Zaren zum Geschenk zu machen. Der Zar ist ein passionierter Numismatiker.» Der Marchese verbeugt sich.

«Im Gegenteil. Ich fühle mich hochgeehrt.»

Vier | Der Unfall

Zwischen Daumen und Zeigefinger der erhobenen Hand hält Cosimo einen winzigen, runden, glänzenden Gegenstand. Der Doktor beugt sich weit über die Flanke des Pferdes, um den Gegenstand genauer zu betrachten. Er hat sofort erkannt, dass es sich um eine alte Münze handelt, die er nie zuvor gesehen hat.

Gleichzeitig macht auch Ernesto, von Neugierde übermannt, einen Schritt nach vorn und stellt sich vor Cosimos erhobene Hand, so dass er dem Doktor die Sicht versperrt.

«Hau ab, Idiot!», ruft dieser sofort.

Die drei Bauern erschrecken. Der Doktor gilt als außerordentlich geduldiger, verständnisvoller Mensch, der zu allen immer freundlich ist. Noch nie hat jemand ein Schimpfwort aus seinem Mund gehört. Was ist los mit ihm? 'Ntonio tritt bestürzt zurück, Ernesto springt entsetzt zur Seite, Cosimo senkt unwillkürlich den Arm.

«Lass mich sehen!», herrscht der Doktor ihn an. Cosimo reißt den Arm ruckartig in die Höhe und bleibt reglos so stehen, das Lächeln ist aus seinem Gesicht gewichen, er wagt nicht einmal zu atmen.

Der Doktor beugt sich noch weiter vor, kaum hält er noch das Gleichgewicht auf dem Pferd.

Kürzlich hat er in einer Zeitschrift die Münze abgebildet gesehen, die Marchese Longhitano dem Admiral Litwinow schenkte und jener wiederum dem Zaren Nikolaus verehrte. Die Zeitschrift widerlegte den Marchese, die Münze ist kein Unikat, es gibt eine zweite in London. Auf die Rückseite der Münze des Zaren ist ein Adler mit angelegten Flügeln geprägt, der eine Schlange ergreift. Auf dem Exemplar, das Cosimo in der Hand hält, breitet der Adler die Flügel aus und hält einen Hasen in den Klauen.

Einen Augenblick lang befällt den Doktor ein leichter Schwindel. Die Landschaft mit den drei Bauern setzt sich plötzlich in Bewegung, dreht sich einmal um ihn herum und bleibt endlich wieder stehen.

Doktor Gibilaro ist schweißgebadet. Er möchte Cosimo bitten, die Münze umzudrehen, damit er die andere Seite sehen kann, doch aus seiner trockenen Kehle dringt kein Wort.

Er bemüht sich, es gelingt.

«Dreh sie um!»

Er hat noch lauter geschrien als zuvor. Cosimo schließt die Augen und dreht die Münze um.

Jetzt erkennt der Doktor deutlich einen Krebs und einen Fisch. Auf der Münze des Zaren befindet sich nur ein Krebs.

Es gibt nicht den geringsten Zweifel.

Wahrscheinlich erblickt er das weltweit einzige bekannte Exemplar der letzten Prägung einer sehr geringen Menge von Goldmünzen der Stadt Akragas kurz vor ihrer Zerstörung. Über die Existenz dieser Münzen spekulieren und streiten Historiker und Numismatiker seit langem.

Vor Aufregung vergisst der Doktor, dass er auf einem Pferd sitzt, streckt die Hand aus und macht einen Schritt nach vorn.

Und natürlich stürzt er vom Pferd.

Sein rechter Fuß bleibt im Steigbügel hängen. Der Fußknöchel gibt ein trockenes Knacken von sich, es klingt wie ein Ast, der bricht.

Der Doktor wird von den drei Feldarbeitern behutsam und unter großer Anteilnahme wieder in den Sattel gesetzt.

Mühsam unterdrückt er den Impuls, vor Schmerzen zu schreien, das wäre eines Arztes nicht würdig. Begleitet von 'Ntonio und seinem Maultier, nimmt er den Weg zum Krankenhaus von Girgenti.

Bevor er losgeritten ist, hat er Ernesto gebeten, nach Vigàta zu gehen, um 'Ndondò und Michele von seinem Unfall zu berichten.

Erst als er im Krankenhaus im Bett liegt, sieht er den Augenblick des Unfalls wieder klar und deutlich vor sich.

Nein, er hatte nicht vollkommen vergessen, dass er auf einem Pferd saß. Er hatte es nur teilweise vergessen und lediglich zwei Bewegungen auf einmal gemacht. Den linken Fuß aus dem Steigbügel gezogen und das Bein angehoben, um es über den Sattel zu schwingen, doch gleichzeitig den rechten Fuß bewegt, um einen Schritt vorwärts zu machen, als steckte der Fuß nicht im Steigbügel. Er ist sicher, dass es genau so gewesen ist.

Ebenso sicher ist er, dass er gesehen hat, wie die kostbare Münze aus Cosimos Hand zu Boden fiel, als dieser einen Satz nach vorn machte, um ihm zu helfen.

Ob er sie wiedergefunden hat? Ob er sie an sich genommen hat? Oder hat er sie dort liegenlassen, ihren unermesslichen Wert nicht ahnend?

Ist das einzige Exemplar der «kleinen Akragas», wie jene Gelehrten sie nennen, die vermuten, dass sie existiert, wovon er sich soeben überzeugen konnte, womöglich dazu bestimmt, erneut und für immer zu verschwinden?

Doktor Gibilaro verbringt lange Tage bangen Wartens im Krankenhaus. Zwischen Weihnachten und Neujahr regnet es ununterbrochen in Strömen.

Und den Doktor suchen im wachen Zustand Alpträume heim. Er sieht, wie die winzige Münze, die weniger wiegt als ein Steinchen, von einem kleinen Rinnsal erfasst wird, das sich am Rand des Feldwegs gebildet hat, weil die harte, feste Erde am Sperone das Regenwasser nicht aufnehmen kann. Und als das Rinnsal allmählich breiter wird, siehe, da schwimmt auch die Münze schneller, wird von der Strömung mitgerissen, bis ein Loch, das sich im Erdreich aufgetan hat, sie verschluckt.

Und als es endlich zu regnen aufhört und die Sonne wieder scheint, sieht der Doktor die Münze nicht mehr in dem Loch, aber er weiß, dass sie dort auf dem Grund liegt, bedeckt vom Schlamm, der unter der Sonne zu trocknen beginnt und hart wird, um die Münze weitere Jahrtausende lang zu verstecken.

In diesen Tagen erzwungener Bettlägerigkeit hat sein Wesen sich verändert. Er ist nervös und reizbar geworden. Fortwährend streitet er mit 'Ndondò, die in Girgenti geblieben ist, um ihn pflegen zu können. Auch Michele hat seinen Urlaub verlängert, um ihm zur Seite zu stehen. An manchen Tagen möchte der Doktor sich seinem Sohn anvertrauen, ihm alles erzählen, ihn vielleicht sogar auf die Suche nach Cosimo schicken, um zu erfahren, ob er die Münze noch hat.

Doch im letzten Moment hält ihn etwas zurück.

Er findet keine vernünftige Erklärung dafür. Will er das Geheimnis der Entdeckung noch für sich behalten, obwohl es ihn jeden Tag diese Zweifelsqualen kostet?

Als er endlich mit Hilfe von Krücken wieder gehen kann, packt ihn eine Art motorisches Delirium. Er kann nicht in seinem Zimmer bleiben, ständig muss er den langen Flur auf und ab gehen, sogar nachts, wenn er die anderen Patienten stört. Die Krankenhausleitung beeilt sich, ihn nach Vigàta zurückzuschicken und der Pflege von Doktor Giacomo Pegoraro anzuvertrauen, der Gibilaro während seines Krankenhausaufenthaltes im Ort vertreten hat.

Am Tag seiner Heimkehr stattet der Kollege Pegoraro ihm nachmittags einen Besuch ab, sowohl um ihn zu untersuchen, als auch um ihm von seinen Patienten zu berichten. Ein sympathischer junger Mann, er hat erst vor wenigen Jahren sein Studium abgeschlossen.

«Als erstes muss ich dir mitteilen, dass Amalia Cusumano gestorben ist.» Das hat der Doktor erwartet.

«Die Töchter haben ihr ein Begräbnis erster Klasse bereitet», fährt Pegoraro fort.

Und auch das hat er in gewisser Weise erwartet.

«Sag mal, ist dir bekannt, ob es in unserer Ge-

42

gend Fälle von Schlafkrankheit gibt?», fragt der Kollege.

«Soviel ich weiß, nein.»

«Nun, dann höre hiermit, dass Tallarita sie bekommen hat. Er hat seine üppige Sammlung einmal mehr bereichert!»

Apropos Sammlung ...

«Ist dir zufällig ein hinkender Feldarbeiter mit Namen Cosimo Cammarota begegnet?»

Die Frage ist ihm herausgerutscht, bevor er sie zurückhalten konnte. «Nein», antwortet Pegoraro. «Warum?»

Gibilaro brummt etwas Unverständliches.

Nach drei Tagen wirft er die Krücke weg und ersetzt sie durch einen Stock. Dann wirft er auch den Stock weg. Er geht normal, ganz ohne Beschwerden. Doch Pegoraro, der ihn behandelt, hat ihm auch für die nächste Woche noch streng verboten, aufs Pferd zu steigen. Um die Kranken auf dem Land wird er sich kümmern, der Kollege soll sich mit den Patienten im Ort befassen.

Die schlechte Laune des Doktors Gibilaro ist unterdessen dick und schwarz wie Ölschlamm geworden. 'Ndondò erträgt es nicht, sie droht ihm, mal will sie sich vom Balkon stürzen, mal in ein Klausurkloster gehen. Michele hat sich nach Palermo geflüchtet.

Dann kommt der langersehnte, strahlende Morgen.

Doktor Gibilaro schlägt um halb fünf die Augen auf, reckt die Glieder, steigt vorsichtig aus dem Bett... Und hört die Stimme seiner hellwachen 'Ndondò:

«Musst du denn wirklich unbedingt raus?»

Er antwortet nicht. Geht in die Küche.

Noch nie hat ihm ein Kaffee so gut geschmeckt.

Er beschließt, die übliche Patientenrunde zu machen, außerdem gibt es drei neue Kranke, Pegoraro hat ihm die Wege beschrieben, auf denen er zu ihren Häusern gelangt. Der Morgen ist sehr kalt, obwohl keine einzige Wolke am Himmel steht. Zu spät merkt er, dass er den Pfad eingeschlagen hat, der zu Amalia Cusumanos Häuschen führt. Was soll er hier? Amalia braucht sein Morphin nicht mehr.

Schon will er umkehren, als er sieht, dass Jolanda ihm entgegenläuft, die älteste der drei Schwestern.

«Ergebensten Gruß, Dottore. Möchtet Ihr ein Gläschen Wein?»

«Nein, danke. Bin nur gekommen, um euch mein Beileid auszusprechen.»

Jolanda zuckt schicksalsergeben die Schultern. Der Doktor bemerkt, dass das Häuschen vor kurzem weiß gestrichen wurde, die Fensterläden leuchten in einem satten Grün. Jolanda fängt seinen Blick auf. Sie erklärt es ihm.

«Wir Schwestern haben beschlossen, dass wir eine Woche lang abwechselnd hier arbeiten gehen. Sind genug Bauern da, morgens wie abends.»

Die Schwestern Cusumano haben ihr Tätigkeitsfeld erweitert.

Fünf | Cosimo verschwindet

Es ist fast eins, er hat alle alten und neuen Patienten besucht, als er den Feldweg zum Sperone einschlägt. Er wird zu spät zum Mittagessen kommen. Unvermeidlich folgt dann ein ordentlicher Streit mit 'Ndondò.

In der Ferne gewahrt er drei Feldarbeiter, die den Boden umgraben. Jetzt hat er doch Herzklopfen. Als er näher kommt, heben die drei den Kopf, um ihn anzusehen.

Erstaunt bemerkt er, dass er sie nicht kennt, noch nie gesehen hat, und auch für die drei ist er ein Unbekannter.

Er ist verwirrt.

«Entschuldigt bitte», sagt er laut.

Einer der drei legt die Schaufel ab, kommt zum Feldweg.

«Was wünscht Ihr?»

«Ich bin Doktor Gibilaro. Vor euch haben hier drei Bauern mit Namen Cosimo, Antonio und Ernesto gearbeitet. Kennt ihr sie?»

«Nein. Wir sind aus Girgenti.»

«Aha. Und wisst ihr, ob …»

«Wir wissen nichts, und wir wollen nichts wissen», schneidet der Landarbeiter ihm das Wort ab, dreht ihm den Rücken zu und gräbt weiter.

«Wenn ich dir doch sage, dass ich drei neue Kranke hab! Das braucht Zeit!»

«Zwei», erwidert 'Ndondò.

«Wie zwei? Ich sage dir, es sind drei neue!»

«Es sind drei neue, aber ein alter ist dir gestorben, und wenn die Mathematik nicht bloß eine Meinung ist, macht drei weniger einer zwei.»

'Ndondòs Logik ist unerbittlich.

«In Wirklichkeit ist es so», fährt seine Frau fort, «dass du dich nicht damit zufriedengibst, den Kranken nur zu untersuchen. O nein, der Herr muss sich ja unbedingt informieren, wie's der ganzen Familie geht, bis hin zum Urgroßvater, wenn er noch lebt! So verlierst du eine Menge Zeit. Und damit nicht genug, denn wenn du niemanden findest, mit dem du reden kannst, streunst du gern einfach so über die Felder.»

Da hat 'Ndondò recht. Das ist bei ihm nicht nur pflichtschuldiges berufliches Interesse, sondern tiefe menschliche Neugierde. So ist er eben. Von jedem seiner Patienten möchte er alles über dessen Privatleben wissen, von Geburt an.

Apropos alles wissen wollen, von Cosimo Cammarota weiß er nicht einmal, wo er wohnt. Besser

gesagt, er weiß, dass Cosimo in einer einsam gelege-
nen Hütte in der contrada Belfico lebt, gleich neben einem riesigen Sarazenenolivenbaum, dem einzigen in der Gegend, aber er hatte nie Gelegenheit,
ihn dort zu besuchen.

Doch wie man zur contrada Belfico kommt, weiß
er, weil er in seiner ersten Zeit als Amtsarzt dort einen Patienten hatte, man muss einen Feldweg nehmen, der von der Straße nach Giardina abzweigt.

Es ist fast sieben Uhr morgens, als er vor Cosimos
Häuschen ankommt. Die Tür ist mit einem neuen
Riegel versperrt. Aber sie ist so klapprig, dass ein
Tritt genügen würde, damit sie aus den Angeln
reißt. Das kleine Fenster ist von innen verschlos-
sen.

Der Doktor erinnert sich, dass Cosimo die Tür
seines Hauses niemals verschließt, wenn er zur Arbeit geht, denn der Bauer selbst hat es ihm gesagt.

«Was können sie bei mir schon stehlen?»

Überdies gibt es deutliche Anzeichen, dass das
Haus verlassen ist. Neben der Tür Reste eines Stroh-
stuhls, der Brunneneimer durchlöchert... Ob Cosimo tot ist?

Heute verläuft die Runde seiner Patientenbesuche genauso, wie 'Ndondò sie haben möchte. Sorgfältig, das ist klar, aber ohne Zeitverschwendung.
Darum ist er um halb eins schon wieder in Vigata.

Rasch läuft er die Treppe zum Rathaus hinauf, betritt das Einwohnermeldeamt.

«Ich möchte wissen, ob es bei einem gewissen Cosimo Cammarota, wohnhaft in der contrada Belfico, einen Sterbeeintrag gibt.»

«Wissen Sie ungefähr, wann er verstorben sein soll?»

«Sagen wir, bis zum 20. Dezember letzten Jahres lebte er noch.»

Es findet sich kein Eintrag.

Er kehrt zwar auf die Minute pünktlich nach Hause zurück, hat aber keine Lust zum Essen.

«Aber wieso ist dir denn der Appetit vergangen? Wo ich dir ein Ragout gemacht habe, da läuft einem schon beim Anblick das Wasser im Mund zusammen!», jammert 'Ndondò.

Die dem Mittagsschläfchen im Sessel gewidmete halbe Stunde vergeht schnell. Mit Nachdenken über Cosimos Verschwinden. Es ist klar, dass er weggegangen ist.

Und vielleicht gibt es eine plausible Erklärung dafür.

Seine unbeherrschte Reaktion beim Anblick der kleinen Akragas hat Cosimo auf die Idee gebracht, dass die Münze ein Vermögen wert sein könnte. Was den Tatsachen entspricht. Also wird er sich mit seinem Sohn Pietrino im Gefängnis von Girgenti beraten haben. Und der hat ihn wahrscheinlich mit einem Hehler in Kontakt gebracht. Von dem er ein paar lumpige Groschen bekommen hat, was für einen Hungerleider wie Cosimo aber immer noch sehr viel ist.

Ja, so mag es gewesen sein. In diesem Fall ade, kleine Münze.

Aber warum sollte Cosimo die Hütte verlassen, wo er immer gelebt hat? Bauern sind wie Katzen, sie würden ihr Revier niemals aufgeben. Mit dem Geld des Hehlers hätte er sie instand setzen, ein besseres Leben dort führen können ...

Nein, irgendetwas stimmt bei der Geschichte nicht.

Am nächsten Morgen steht die Sonne seit einer knappen Stunde am Himmel, als der Doktor vom Pferd steigt und an die Tür des Häuschens der Cusumano klopft. Ein Esel, der an einem Haken in der Hauswand angebunden ist, frisst das Gras im Hof.

«Besetzt!», antwortet Jolandas Stimme auf das Klopfen. «Fünf Minuten noch, dann bin ich frei.»

Der Doktor tritt diskret ein paar Schritte zurück. Dann öffnet sich die Tür, und ein etwa achtzehnjähriger Mann kommt heraus, puterrot im Gesicht, bindet den Esel los, steigt auf und verschwindet. Jolanda erscheint im Unterrock.

«Ah, Euer Gnaden, Ihr seid es? Kommt herein, Dottore, es ist kalt.»

In dem einzigen Raum, der zu allem dient, ist das Bett ungemacht, ein Schlachtfeld.

«Hat die Nacht hier verbracht, der Junge», sagt Jolanda lachend.

Und dann:

«Was möchtet Ihr?»

«Einen Gefallen.»

«Zu Diensten.»

«Du und deine Schwestern, kennt ihr einen Landmann, der hinkt, etwa sechzig ist, aus der contrada Belfico kommt und Cosimo Cammarota heißt?»

«Nein, den kennen wir nicht», sagt Jolanda mit fester Stimme.

«Dann müsst ihr mir einen Gefallen tun und die Männer, die zu euch kommen, fragen, ob jemand ihn kennt oder was über ihn weiß. Ich muss diesen Cosimo unbedingt sprechen.»

«Mehr könnt Ihr mir nicht sagen?»

«Letztes Jahr im Dezember hat er mit zwei Kameraden gearbeitet, 'Ntonio Prestia und Ernesto Ficarra. Vielleicht könnt ihr auch mit denen sprechen.»

«Seid unbesorgt, sobald ich was höre …»

Drei Tage später kann nicht Jolanda, sondern Grazia, die mittlere Schwester, die gerade im Haus auf dem Land Dienst tut, ihm eine wichtige Nachricht überbringen.

«Dottore, wisst Ihr, wer gleich am ersten Tag, wo ich hier arbeite, ankommt wie bestellt? Vastianu, und sagt mir, dass er der Sohn von 'Ntonio Prestia ist.»

Der Doktor zuckt zusammen.

«Was hat er dir von Cosimo erzählt?»

«Sein Vater macht sich Sorgen, weil er keine Nachricht von ihm hat.»

«Hast du ihm gesagt, dass ich mit 'Ntonio reden will?»

«Ja.»

Noch am selben Nachmittag klopft es an die Tür, als der Doktor sich gerade anschickt, sein Schläfchen zu machen. 'Ndondò geht die Tür öffnen. Dann verkündet sie ihrem Mann mit einem kaum verhehlten boshaften Lächeln, dass ein Bauer mit Namen 'Ntonio Prestia im Vorzimmer wartet. Ihre diebische Freude darüber, dass sie ihrem Mann das Mittagsschläfchen verdirbt, kann sie nicht verbergen. Doch sie wird enttäuscht, denn der Doktor flucht gar nicht, sondern springt auf und sagt:

«Lass ihn im Salon Platz nehmen.»

Sie geben sich die Hand. Prestia sitzt verlegen auf dem Sesselrand.

«Wie kommt es, dass ihr nicht mehr unten beim Sperone arbeitet?»

«Das kam so, Dottore. Den verfluchten Morgen, wann Ihr vom Pferd gefallen seid, wenn Ihr Euch erinnert, habt Ihr Ernesto geschickt, Eurer Frau Bescheid zu sagen, und ich hab Euch mit dem Maultier ins Krankenhaus begleitet.»

«Ich erinnere mich sehr gut.»

«Wie ich zum Sperone zurückkomm, find ich Cosimo und Ernesto, die auf mich warten und haben eine schlechte Nachricht für mich.»

«Welche?»

«Der Aufseher vom Baron Loduca war vorbeigekommen, und wie er Ernesto und mich nicht bei der Arbeit sieht, wurde er böse. Cosimo hat versucht, ihm zu erklären, was passiert war, aber da war nichts zu machen, der Aufseher war so wütend, dass er uns alle drei entlassen hat.»

«Also habt ihr meinetwegen eure Arbeit verloren?»

«Ja, aber gleich nach Weihnachten hab ich eine andre gefunden. Sie sagten, ich könnt auch einen Kameraden mitbringen. Also geh ich zu Cosimo. Aber die Tür war mit dem Riegel verschlossen. Und seit dem Tag hab ich nichts mehr von ihm gehört.»

«Hast du Ernesto gesehen?»

«Nein, auch den nicht seit damals.»

«Hör zu, ich erinnere mich genau, dass Cosimo die Münze aus der Hand fiel, als ich vom Pferd stürzte.»

«So war es. Aber wie ich zurückkomm aus Girgenti, nachdem ich Euch hingebracht, da hat er sie noch. Wollte sie mir und Ernesto nicht zeigen. Und hat immer gesagt, er will sie Euch schenken, wann Ihr aus dem Spital kommt.»

Ungeachtet dessen, was er soeben von 'Ntonio gehört hat, kann der Doktor sich nicht zurückhalten.

«Und wenn er seine Meinung geändert hat?»

«Über was?»

«Vielleicht hat sein Sohn Pietrino noch einen draufgesetzt.»

«Aber worauf denn?»

Er kann nicht länger ausweichen.

«Möglich, dass Cosimo die Münze verkauft hat. Sie ist sehr wertvoll.»

«Haben wir alle drei kapiert, dass sie viel wert war. Aber der Herr irrt sich, wenn er so was denkt. Cosimo ist einer, der hält sein Wort. Wenn er was sagt, dann bleibt's dabei.»

Er hat sich soeben hingelegt. Die Rathausuhr schlägt zehn Mal. Als er das Licht löschen will, hält 'Ndondò ihn zurück. «Warte. Ich will nachschauen, ob die Kohle gelöscht ist.»

Seit eine entfernte Verwandte von ihr an Sauerstoffmangel starb, weil die Kohle die ganze Nacht glühte, pflegt 'Ndondò vor dem Einschlafen mehrere Kontrollgänge zu machen. Sie kommt zurück, schlüpft unter die Decke.

«War aus. Aber das einzige, was hilft, ist nachschauen.»

Der Satz seiner Frau will ihm nicht aus dem Kopf.

«Das einzige, was hilft, ist nachschauen.»

Warum nicht?

Sechs | Die Entdeckung

Obwohl er leichte Gewissensbisse verspürt, weil er gegen seine Pflichten verstoßen wird, bestärkt er sich beim Rasieren in der bereits getroffenen Entscheidung, nämlich die Patientenbesuche aufzuschieben. Kaum aus dem Haus, schlägt er, ohne zu zögern, den Weg in Richtung Belfico ein.

Er bindet das Pferd an den eisernen Bogen, der die Winde über dem Brunnen trägt, geht zur Tür, mustert sie.

Er hat einen großen Schraubenzieher mitgebracht, mit dem er die vier dicken Schrauben eine nach der anderen herausziehen könnte. Die Schrauben halten eine Metallplatte mit zwei vorstehenden Ösen, durch die der Riegel läuft, fest an das Holz der Tür gepresst.

Doch dann bemerkt er, dass zwar der Riegel neu, die Platte aber alt ist und der Rost die Schrauben mittlerweile förmlich in die Platte geschweißt hat.

Nein, dieser Versuch ist zwecklos, er wäre eine reine Zeitverschwendung. Prüfend betrachtet Gibilaro die Türangeln, die ganz offensichtlich den

Schwachpunkt darstellen. Dort, wo die Angeln an den Türflügeln befestigt sind, ist das Holz an manchen Stellen morsch geworden, und die Schrauben haben kaum mehr Halt.

Ja, es ist genau so, wie er schon damals gedacht hatte, die Tür wird beim ersten Tritt nachgeben. Er blickt sich um. Die Einsamkeit ist total, nicht einmal ein streunender Hund kommt vorbei, auch in der Ferne hört man kein Bellen.

Er nimmt einen langen Anlauf und versetzt dem linken Flügel im oberen Teil einen kräftigen Fußtritt. Aus gegebenem Anlass hat er an diesem Morgen statt der Stiefel, die er gewöhnlich trägt, mit Eisen beschlagene Bauernschuhe angezogen.

Er überprüft das Ergebnis. Die obere und die mittlere Angel haben teilweise nachgegeben, die Tür wird nur noch von der unteren Angel gehalten.

Der zweite Tritt zielt daher auf den unteren Teil und hat dieselbe Wirkung wie der erste.

Jetzt braucht die Tür nur noch einen ordentlichen Stoß mit der Schulter. Er wirft sich gegen die Tür, tut sich höllisch am Arm weh, doch dafür reißt die Tür nun auf der linken Seite gänzlich aus den Angeln. Der entstandene Spalt bietet ihm jedoch nicht Raum genug, um in die Hütte zu schlüpfen, denn der Türflügel kann nicht vollständig geschwenkt werden, das verhindert die starke Eisenstange des Riegels.

Es hilft nichts, die Operation muss auch am rechten Türflügel ausgeführt werden.

Nach einer Viertelstunde kann er die ganze Tür endlich mit weit gespreizten Armen anheben und gegen die Hauswand lehnen.

Er will eintreten, doch der intensive Gestank im Inneren hält ihn zurück.

Das Viereck aus Licht, das durch die Türöffnung fällt, beleuchtet Teile einer nackten Leiche. Nur die Schultern und den Kopf sieht man nicht, sie bleiben im Schatten. Doch er hat keinen Zweifel, dieser Tote kann nur Cosimo sein.

Ermordet.

Obwohl das, was man vom Körper sieht, keine Verletzung, keine Spur von Gewalt zeigt.

Ermordet, ja.

Denn sonst gäbe es keine Erklärung für den Riegel an der Tür. Der vom Mörder absichtlich und nicht ohne schlaue Voraussicht dort angebracht wurde, um die Entdeckung des Verbrechens hinauszuzögern, weil die versperrte Tür darauf schließen ließ, dass Cosimo fortgegangen war.

Er hält sich die Nase zu, geht hinein, reißt das Fensterchen auf und eilt wieder hinaus.

Der Durchzug wird den Gestank schneller vertreiben.

Nach gut zwanzig Minuten kann er hineingehen.

Die Leiche ist fast verwest, doch der breite Riss

auf Cosimos Stirn, der seinen Tod herbeigeführt hat, ist deutlich zu sehen. Außerdem liegt eine mit geronnenem Blut verschmierte Eisenstange einen Schritt von der Leiche entfernt am Boden.

Auf dem Tisch eine Flasche Wein und zwei schmutzige Gläser. Cosimo muss ein gutes Verhältnis zu seinem Mörder gehabt haben, wenn er ihm zu Trinken angeboten hat.

Warum ist Cosimo nackt?

Da er ihn kennt, schließt der Doktor eine amouröse Begegnung mit tragischem Ende aus. Warum dann? Die Antwort kommt ihm fast unmittelbar von selbst, und einen Augenblick lang stockt ihm der Atem.

Es war der Mörder, der Cosimo nach der Bluttat ausgezogen hat, und er hat seine Kleider mitgenommen, sogar die Unterwäsche. Der Doktor blickt sich um. Es gibt keinen Schrank in der Hütte, Cosimo hängte seine wenigen Sachen an einen Draht, der in einer Ecke des einzigen Raums von einer Wand zur anderen gespannt war.

Ein Paar Hosen zum Wechseln, eine Weste, ein Hemd und eine Jacke wird er doch wohl besessen haben, oder?

Aber an dem Draht hängt nichts, der Mörder hat alles an sich genommen. Warum nur? Auch diesmal kommt die Antwort sofort und jagt ihm einen kalten Schauer über den Rücken.

Der Mörder hat Cosimos Kleider mitgenommen, um sie in aller Ruhe zu durchsuchen. Denn die kleine Akragas ist wirklich winzig, darum kann Cosimo sie im Hosenaufschlag oder sogar in der Naht seiner Unterhosen versteckt haben.

Also ist der Mörder jemand, der von der Existenz der Münze wusste und dem bekannt war, dass sie sich in Cosimos Besitz befand.

Und in diesem Punkt gibt es keinen Zweifel.

Wie viele Menschen wussten von der Münze?

Vier, Cosimo inbegriffen.

Er hat ihn nicht getötet. Darum …

Entweder 'Ntonio Prestia oder Ernesto Ficarra.

Moment, man darf keine voreiligen Schlüsse ziehen. Eile birgt mit hoher Wahrscheinlichkeit die Möglichkeit eines Irrtums.

Schließlich kann er nicht sicher voraussetzen, dass Cosimo mit niemandem über die Münze gesprochen hat.

Er könnte zum Beispiel seinen Sohn im Gefängnis besucht haben, um ihm frohe Weihnachten zu wünschen und ihm von seinem Fund zu erzählen. Möglich, dass der Sohn seinerseits mit einem anderen Gefangenen darüber gesprochen hat. Und dass dieser dann geplant hat …

Oder, sehr viel einfacher, Cosimo hat die Sache gegenüber Freunden im Dorf erwähnt, ohne die Konsequenzen zu bedenken.

Er blickt sich noch einmal im Zimmer um, denn etwas stört ihn. Cosimo war ein ordentlicher Mann, und die wenigen Gegenstände, die er täglich benutzte, sind alle an ihrem Platz. Das Besteck, die Gläser, die sauber gespülten Teller auf einem Bord an der Wand, die gelöschte Laterne auf dem Deckel des Brotkastens ... Ja, das ist es: Der Mörder hat das Zimmer nicht durchsucht, weil er überzeugt war, dass Cosimo die Münze immer bei sich trug.

Und wenn Cosimo die Münze dieses eine Mal doch irgendwo hier drinnen versteckt hat? Sollte man nicht wenigstens einen Versuch wagen? Er geht nach draußen, zieht Mantel und Jacke aus, legt sie auf den Sattel, geht wieder hinein und krempelt die Ärmel hoch.

Sogar in der Asche der Feuerstelle hat er gewühlt. Nichts.

Er nimmt die Tür und setzt sie wieder ein, damit sie die Öffnung verschließt. Das wird Tiere daran hindern, die Leiche noch mehr zu verunstalten.

Dann wäscht er sich mit dem bisschen Wasser, das der durchlöcherte Brunneneimer halten kann, zieht Jacke und Mantel wieder an und kehrt nach Vigata zurück.

Paolino Melluso, der örtliche Beauftragte für die öffentliche Sicherheit, erhebt sich hinter seinem

Schreibtisch und kommt ihm mit ausgestreckter Hand entgegen.

«Lieber Dottore!»

Freunde sind sie eigentlich nicht, doch wenn Gibilaro, was selten vorkommt, in den Klub geht, entscheidet er sich immer für Melluso als Partner beim Kartenspiel.

Der Doktor erzählt, er habe am 20. Dezember zufällig den Feldarbeiter Cosimo Cammarota getroffen, ehemals sein Patient, worauf dieser ihm berichtet habe, er sei besorgt, weil er gelegentlich starke Schmerzen in der Brust verspüre. Sie waren übereingekommen, dass Cosimo gleich nach den Feiertagen nach Vigàta kommen würde, um sich untersuchen zu lassen. Jedoch sei er noch am selben Tag vom Pferd gestürzt und habe die Angelegenheit daher vergessen.

Heute Morgen sei sie ihm wieder eingefallen, und da sein Weg ihn ohnehin durch die contrada Belfico führte, habe er beschlossen, den Mann aufzusuchen. Und er habe eine schreckliche Entdeckung gemacht.

Die Geschichte ist stichhaltig, und sicher werden weder 'Ntonio noch Ernesto sie widerlegen.

Melluso ist ein guter Polizist.

«Sie haben die Tür aus den Angeln gerissen und an die Mauer gelehnt vorgefunden?»

«Ja.»

«Und es gab einen Riegel?»

«Ja.»

«Und Cammarota soll in dem Zimmer ermordet worden sein?»

«Ganz sicher.»

«Finden Sie es nicht merkwürdig, um nicht zu sagen, widersinnig, dass der Mörder die Tür erst von außen mit dem Riegel versperrt und sie dann aufgebrochen hat, um hineinzukommen und Cammarota umzubringen?»

Nein, so geht das nicht, er muss Melluso auf die richtige Fährte bringen.

«Hören Sie, ich bin weit entfernt davon, mich einmischen zu wollen, aber es scheint mir möglich, dass der Mörder den Riegel nach der Tat angebracht hat, um die Entdeckung der Leiche hinauszuzögern. Die Tür könnte später von einem Dieb aufgebrochen worden sein.»

«Einem Dieb? Und was hätte er stehlen können?»

Dann verzieht er den Mund und gibt sich selbst die Antwort.

«Bei dem Hunger hier in der Gegend wäre es allerdings durchaus möglich, dass man jemanden tötet, bloß um ein Paar alter Schuhe zu stehlen.»

Da Melluso es ihm erlassen hat, ihn zum Tatort zu begleiten, läuft er nach Hause, um 'Ndondò darüber in Kenntnis zu setzen, dass er nicht zum Mittagessen zurückkommen wird. Er muss noch die ganze Runde der Patientenbesuche machen. Doch er findet nur das Dienstmädchen vor, das ihm mitteilt, die Signora sei ausgegangen, um eine Freundin zu besuchen, die sich unwohl fühle. Besser so.

Er lässt sich einen Korb mit Brot, Käse, schwarzen Oliven und einem Viertelliter Wein füllen. Es ist ein herrlicher Tag. Er wird im Freien zu Mittag essen, unter einem Baum. Und vielleicht kann das sein Bedauern darüber ein wenig mildern, dass er die nur flüchtig erblickte kleine Akragas womöglich für immer verloren hat.

Sieben | Die falsche Fährte

Drei Tage später führt die Sprechstundenhilfe am Nachmittag einen unerwarteten Patienten in die Praxis des Doktors.

Es ist der Beamte Melluso.

«Sie benötigen meine Hilfe, Signor Melluso?»

«Nichts Ernstes, glaube ich. Ich wollte einen Hühnerdieb verhaften, es gab ein Handgemenge, und dabei habe ich mir das Handgelenk verletzt. Wenn Sie bitte einen Blick drauf werfen würden?»

Tatsächlich, es ist nichts Ernstes, nur eine kleine Zerrung. Eine Salbe und ein Verband, der ein paar Tage lang ertragen werden muss.

Doch es ist offensichtlich, dass der Beamte vor allem gekommen ist, um mit ihm über den Mord an Cammarota zu sprechen.

Und er scheint ihm etwas Wichtiges mitteilen zu müssen. Denn er trägt diese listige, überlegene Miene zur Schau, die er beim Kartenspiel im Klub aufsetzt, wenn er ein gutes Blatt in der Hand hat.

«Haben Sie fünf Minuten Zeit für mich?»

An diesem Nachmittag ist das Wartezimmer fast leer.

«Gerne auch zehn.»

Melluso holt weit aus.

«Könnten Sie, ein Mann der Wissenschaft, mir sagen, ob ein intelligenter Mensch immer intelligent ist?»

«Wenn einer intelligent ist, ist er es immer. Doch es kann durchaus vorkommen, dass ein intelligenter Mensch sich wie ein Idiot benimmt. Wenn man verliebt ist, geschieht das häufig.»

Der Polizist schließt lächelnd die Augen, er sinnt einer persönlichen Erinnerung nach.

«Wohl wahr.»

«Warum fragen Sie mich das?»

«Wissen Sie was? Als ich mich auf Ihren Hinweis hin mit zwei Polizisten nach Belfico begeben habe … nun, während ich die Leiche dieses armen Bauern betrachtete, habe ich plötzlich eine Erleuchtung gehabt, einen Geistesblitz …»

«Was haben Sie entdeckt?»

«Um die Wahrheit zu sagen, habe ich nichts entdeckt, sondern nur, wie soll ich sagen, einen Zusammenhang hergestellt.»

«Mit was?»

«Ich habe den Vater mit dem Sohn verbunden.»

Spielt der Ermittler jetzt Rätselraten?

«Können Sie mir das bitte genauer erklären?»

«Ist Ihnen bekannt, dass Cosimos Sohn Pietrino eine Haftstrafe absitzt, weil er aus nichtigen Beweggründen einen jungen Fuhrknecht namens Michele Bonavia ermordet hat?»

«Ja, das wusste ich.»

«Ihr Kollege Manfredonio, der Cammarotas Autopsie durchgeführt hat, ist absolut sicher, dass das Verbrechen letztes Jahr in den Tagen um Weihnachten begangen wurde.»

Nach dem Zustand von Cosimos Leiche zu urteilen, kann Gibilaro dem Gerichtsmediziner nur beipflichten.

«Nun», verkündet der Beamte, «Pietrino ermordete Bonavia vor dreizehn Jahren in der Nacht zwischen dem 23. und 24. Dezember.»

Er macht, auf Wirkung bedacht, eine Pause und fragt dann:

«Finden Sie nicht, dass das ein seltsamer Zufall ist?»

Ein Wort, das dem Doktor nicht behagt.

«Ich glaube nicht an Zufälle.»

«Sie glauben nicht an Zufälle?»

«Besser gesagt: es gibt sie zwar, aber nur weil wir sie als solche sehen wollen. Sei's drum, fahren Sie fort.»

«Bonavia», erklärt der Beauftragte für die öffentliche Sicherheit in gewichtigem Tonfall, «hinterließ einen Sohn, der damals fünf Jahre alt war. Saverio.»

Der also jetzt achtzehn sein müsste.

Schlagartig begreift der Doktor, worauf Melluso hinauswill.

O nein, hier muss sofort Abhilfe geschaffen werden. Der Beamte bringt alles durcheinander, er wird auf eine falsche Fährte geraten.

Was hat dieser Saverio damit zu tun?

«Sie haben also den Verdacht, dass Saverio indirekt Rache an Pietrino nehmen wollte? Das Leben deines Vaters für das Leben meines Vaters?»

Melluso hört aus der Stimme des Doktors verhaltene Skepsis heraus und wird ärgerlich.

«Ich habe gute Gründe für diese Annahme, oder etwa nicht?»

«Dann erklären Sie mir, warum er dreizehn Jahre gewartet haben soll.»

«Wenn man das wüsste ... Er wird die Volljährigkeit abgewartet haben, vielleicht hatte er auch einen anderen Grund ... Die hinausgezögerte kalte Rache ist immerhin typisch für unsere Mentalität. Kennen Sie die Geschichte von Marchese Blandino?»

«Nein.»

«Marchese Blandino liebte seine Frau heiß und innig. Stellen Sie sich seinen Schmerz vor, als er entdeckte, dass sie ihn mit Baron Curreli betrog. Und dass sie in den Baron verliebt war. Der Marchese tat nichts, er litt stumm. Die heimliche Liebesgeschichte der beiden dauerte zwanzig Jahre. Dann starb die

Frau. Einen Tag nach der Beerdigung erschoss Marchese Blandino den Baron. Als er gefragt wurde, warum er das nicht früher getan habe, sagte er, er habe seiner Frau keinen Kummer machen wollen.»

«Na gut, aber welchen Grund hatte Saverio, den Toten zu entkleiden und seine Sachen mitzunehmen?»

Melluso lächelt.

«Ihnen ist offenbar vollkommen unbekannt, wie Bonavia von Pietrino umgebracht wurde.»

«Darüber weiß ich tatsächlich nichts.»

«Er schlug ihm mit einem Stein den Schädel ein. Dann zog er dem Toten die Kleider aus und warf ihn in einen Brunnen.»

«Warum zog er ihn aus?»

«Beim Prozess hat er das nicht erklären können. Jedenfalls sind das arg viele zufällige Übereinstimmungen, finden Sie nicht? Auch wenn Sie nicht daran glauben. Dieses zweite Verbrechen scheint exakt dem Muster des ersten zu folgen. Als hätte der Mörder seine Unterschrift hinterlassen.»

Aber der Doktor gibt nicht nach.

«Entschuldigen Sie, aber warum hat er Cammarotas Leiche dann nicht auch in den Brunnen geworfen? Immerhin gibt es einen direkt vor der Tür!»

Der Beamte zuckt mit den Schultern.

«Das ist ein unmaßgebliches Detail. Er wird

Schritte gehört haben, die sich näherten, und ist geflüchtet.»

Es hat keinen Zweck, weiter mit Melluso zu diskutieren.

«Was werden Sie jetzt tun?»

«Morgen verhafte ich Saverio Bonavia und quetsche ihn aus.»

Der Polizeibeamte ist bekannt für seine Verhöre, bei denen er mit Ohrfeigen und Faustschlägen nicht spart.

Nachdem Melluso gegangen ist, bittet der Doktor die Sprechstundenhilfe, eine Viertelstunde lang niemanden hereinzulassen.

Er ist verwirrt. Der Beauftragte für die öffentliche Sicherheit hat recht, es gibt zufällige Übereinstimmungen zwischen den beiden Verbrechen, und ob es die gibt. Streng genommen ist es unmöglich, dass eine zufällige Abfolge von Ereignissen genau so abläuft, dass sie zur fast identischen Nachahmung einer früheren Begebenheit wird.

Aber die Dinge, die im Leben passieren, lassen sich nicht immer logisch erklären.

Es sei denn, die zufälligen Übereinstimmungen wurden vom Mörder beabsichtigt, damit der Verdacht auf Saverio fällt. Denn 'Ntonio und Ernesto kennen die Umstände des Mordes, den Pietrino beging, sicher genau, wer weiß, wie oft sie während der langen Arbeitstage auf den Feldern mit Cosimo darüber gesprochen haben.

Genug jetzt, er kann nicht mehr tun, als sich in Geduld zu üben und den Verlauf der polizeilichen Ermittlung abzuwarten.

Um sieben Uhr morgens, er ist auf dem Weg nach Bonocore, muss der Doktor einer Prozession ausweichen, die langsam in umgekehrter Richtung nach Vigata unterwegs ist.

An der Spitze der Beamte Melluso zu Pferd. Von seinem Sattel reicht ein langes Seil bis zu den Handschellen, die sich um die Handgelenke eines achtzehnjährigen Jungen schließen, der zu Fuß geht. Dahinter folgen zwei ebenfalls berittene Polizisten.

Der Doktor und der Ordnungshüter heben zum Gruß ihre Hüte.

«Darf ich Sie heute Nachmittag aufsuchen?», fragt der Doktor.

«Tun Sie, was Ihnen beliebt.»

Der Anblick des Achtzehnjährigen hat Gibilaro erschreckt.

Seine Miene war vollkommen gleichgültig, als würde diese Geschichte ihn nichts angehen. Nein, mehr noch.

Es war, als würde er nicht begreifen, dass er verhaftet wurde.

Nach dem Mittagsschläfchen geht der Doktor den Polizeibeamten besuchen.

«Wie ist es gelaufen?»

«Sehr schlecht!»

«Hat er nicht gestanden?»

«Wissen Sie, Dottore, anfangs habe ich gedacht, der Junge will mich hereinlegen.»

«Warum?»

«Warum, fragen Sie? Würden Sie jemandem glauben, der behauptet, er weiß nicht, welcher Tag nach dem Montag kommt?»

«Nein.»

«Das habe ich ihm natürlich auch nicht abgenommen, verflucht noch mal! Doch dann musste ich allmählich einsehen, dass ich einen Vollidioten vor mir hatte. Damit war meine Theorie über das nachgeahmte Verbrechen gestorben. Dann ist die Mutter gekommen. Und ich habe sie verhört.»

«Was hat sie Ihnen gesagt?»

«Sie hat mir unwiderlegbar bewiesen, dass Saverio den Mord an Cammarota nicht begangen haben kann.»

«Wie hat sie das gemacht?»

«Sie hat mir erzählt, dass ihr Sohn am 20. Dezember vergangenen Jahres zur Musterung ins Wehrbezirksamt vorgeladen war. Und dass er von dort direkt ins Militärkrankenhaus gebracht wurde, wo er bis zum 7. Januar blieb. Er wurde als wehruntauglich entlassen, weil er tuberkulös war. Ich habe mich sowohl beim Wehrbezirk als auch beim Krankenhaus erkundigt, und alles stimmt mit ihren Angaben überein. Um mein Gewissen zu beruhigen, habe ich Doktor Manfrendonio noch einmal befragt, welcher jedoch kategorisch ausschließt, dass Cammarota nach dem 27. oder 28. Dezember verstorben ist. Das ist alles.»

Der Beamte verhehlt seine Verbitterung nicht.

«Ich tappe wieder völlig im Dunkeln, Dottore!»

Noch am selben Abend lädt der Doktor den Polizisten zu einem Spaziergang ein.

Er hat lange darüber nachgedacht, wie er Melluso auf den richtigen Weg bringen kann, und er meint, dass er die Lösung gefunden hat.

«Ich möchte Ihnen etwas sagen, was für den Fall Cammarota von Bedeutung sein kann.»

«Ich höre.»

«Kurz vor Schluss der Sprechstunde habe ich einen Bauern untersucht, und er hat mir von einem Gerücht erzählt, das auf dem Land umgeht.»

«Und das besagt?»

«Es besagt, dass Cosimo, wenige Tage bevor er getötet wurde, beim Umgraben am Sperone eine Art Schatz gefunden hat.»

Melluso blickt ihn verblüfft an, dann bricht er in ein unbändiges, schallendes Gelächter aus.

Acht | Peripetien einer Verhaftung

«Ein sagenhafter Fund?», fragt der Beamte lachend. «Davon träumen doch alle Bauern, beim Umgraben einmal einen von Räubern vergrabenen Tonkrug voller Golddukaten zu finden! Es wird sogar behauptet, viele seien auf diese Weise reich geworden! Was erzählen Sie mir da, Dottore? An Zufälle glauben Sie nicht, aber an Legenden ja?»

Der Doktor ist taub für die plumpe Ironie des Polizisten.

«Es scheint, als hätte Cosimo nur eine einzige Münze gefunden, aus Gold, etwa zwei Gramm schwer.»

«Und wie viel mag eine so kleine Münze wert sein?»

«Unermesslich viel. Das sage ich Ihnen als Numismatiker.»

Der Beamte wird ernst.

«Entschuldigen Sie, aber wenn Sie die Münze nicht gesehen haben, wie können Sie dann …»

«Der Bauer hat sie mir genau beschrieben. Ihm wiederum wurde sie von einem Bauern beschrieben, der sie mit eigenen Augen gesehen hatte.»

«Aha!», macht der Beamte.

Und eine Weile bleibt er stumm.

«Nennen Sie mir den Namen dieses Bauern», sagt er plötzlich.

«Welches Bauern?»

«Ihres Patienten.»

«Das kann ich nicht. Bevor er mir diese Geschichte erzählt hat, ließ er sich mein Ehrenwort geben, dass ich seinen Namen nicht nennen würde.»

«Sie wissen, dass Sie damit die Ermittlungen behindern?»

«Machen Sie sich nicht lächerlich. Im Gegenteil. Ich habe Sie soeben auf eine neue Fährte gebracht, vielleicht sogar die richtige.»

Melluso setzt eine verächtliche Miene auf und brummt etwas, was klingt wie: Wenn man Freunden vertraut …

«Einen Namen könnte ich Ihnen jedoch nennen», sagt der Doktor.

«Wessen Namen?»

«Des Bauern, der die Münze in Cammarotas Händen gesehen hat.»

«Und?»

«Ernesto Ficarra.»

Den Namen von 'Ntonio Prestia verschweigt er. Denn über Antonio hat er sich ein genaues Urteil gebildet: Er hält ihn für vollkommen unfähig, jemanden zu töten.

Es ist eine Gepflogenheit der Ordnungskräfte, Festnahmen oder Verhaftungen stets in den frühen Morgenstunden durchzuführen. Wie sie entstanden ist und warum sie beibehalten wird, darüber gibt es viele widerstreitende Meinungen. Freilich hat sich die Gepflogenheit immer dann als ein Fehler erwiesen, wenn der Gesuchte ein Bauer war, denn der pflügt in den frühen Morgenstunden meist schon längst auf einem Feld, das drei Stunden zu Pferd von seinem Haus entfernt liegt.

Also beschließt der Polizeibeamte, nachdem er den Namen Ernesto Ficarra am Freitagabend erfahren hat, diesen am Sonntagmorgen zu holen. Auf diese Weise kann er zu neunzig Prozent sicher sein, den Mann noch im Bett vorzufinden.

Einen Teil des Samstags verbringt Melluso damit, Erkundigungen über Ernesto Ficarra einzuziehen. Da dieser nicht vorbestraft ist und einen ordentlichen Waffenschein besitzt, informiert sich der Beamte beim Einwohnermeldeamt.

Der Ertrag ist bescheiden: Ficarra ist ein Mann in den Fünfzigern, der mit seiner Frau Clementina in einem kleinen Bauernhaus in der contrada Canenero lebt. Er hat zwei Kinder, der Ältere, Sabatino, ist vor vielen Jahren nach Amerika ausgewandert, seine Schwester Gnesa ist mit einem Bauern aus Ribera verheiratet.

Bevor er am Sonntag um fünf Uhr morgens vom

Polizeibüro aus aufbricht, denn eine Stunde braucht man bis nach Canenero, gibt Melluso den beiden Polizisten, die ihn begleiten, Gammacurta und Lodico, ein paar gute Ratschläge. Er erklärt ihnen, dass der Mann, den sie abholen werden, sowohl nach der Aktenlage als auch den im Ort gesammelten Äußerungen zufolge ein ganz und gar unbescholtener, friedlicher Mensch zu sein scheint. Niemals ein Streit oder Familienzwist, kein Bußgeld, keinerlei Belästigungen im trunkenen Zustand ... Doch, wie heißt es so schön, Gelegenheit macht nicht nur Diebe, sie macht auch den Mörder. Das könnte bei Ficarra der Fall sein. Also aufgepasst: Es ist nicht gesagt, dass er bei ihrem Anblick nicht erneut den Kopf verliert. Und er hat ein Jagdgewehr im Haus. Haben wir uns verstanden?

Etwa zwanzig Meter vom Haus entfernt, dort, wo in vergangenen Jahrhunderten einmal das Kiesbett eines Flüsschens gewesen sein muss, steigen sie vom Pferd, binden die Zügel der Tiere an Bäume und gehen zu Fuß weiter.

Das Häuschen ist zweistöckig, davor liegt ein kleiner Platz und an der Seite ein Garten um einen Brunnen. Tür und Fenster sind geschlossen.

Beim Anschleichen an das Häuschen bilden Gammacurta und Lodico, den Zeigefinger schon um den Abzug ihres Gewehrs gekrümmt, einen Fächer, indem der eine sich von links, der andere von rechts nähert, während Melluso mit leicht vorgebeugtem Oberkörper auf dem Pfad weitergeht.

Sie sind auf dem Vorplatz angekommen. Gammacurta zielt auf den einzigen Balkon im oberen Stockwerk, Lodico auf das Fensterchen neben der Eingangstür. Melluso zieht seinen Revolver hervor und klopft mit der linken Faust.

«Aufmachen! Polizei!»

Und gleich darauf tritt er vorsichtshalber zur Seite. Aus dem Inneren dringt kein Geräusch.

Melluso wartet ein wenig, dann versucht er es erneut.

Auch dieses Mal keine Antwort.

Tun sie so, als wären sie nicht da, oder sind sie wirklich nicht im Haus?

Doch der Garten sieht alles andere als vernachlässigt aus. Sie müssen da sein.

Der Vertreter der Sicherheitskräfte winkt Lodico zu sich, einen baumlangen Kerl, fast zwei Meter groß, und Schultern hat der …

«Schaffst du es, die Tür einzustoßen?»

«Ein Kinderspiel!»

Lodico übergibt dem Beamten sein Gewehr, macht für den Anlauf ein paar Schritte zurück und schießt dann los wie ein angreifender Widder.

«Aaaaaaaah!»

Der gellende Schrei stoppt Lodico wenige Zentimeter vor dem Ziel, und um rechtzeitig anzuhalten, muss er mit den Armen durch die Luft rudern wie Windmühlenflügel.

Die drei drehen sich um. Sie haben nicht bemerkt, dass hinter ihnen eine etwa fünfzigjährige Bäuerin aufgetaucht ist, spindeldürr, ganz in Schwarz gekleidet mit einem schwarzen Tuch auf dem Kopf. In der rechten Hand schwingt sie drohend einen knotigen Stock.

«Heda, warum wollt ihr mir die Tür einstoßen, ihr Dreckskerle?»

Und bevor die drei sich von der Überraschung erholen können: «Wenn ihr nicht sofort verschwindet, ruf ich die Gendarmen!»

«Signora, wir sind die Gendarmen», erklärt Melluso.

«Na, ihr macht mir Spaß! Gendarmen seid ihr und tretet Türen ein wie Diebe?»

«Wir dachten, es wäre niemand zu Hause.»

«Ach ja? Wenn ihr denkt, es ist niemand zu Haus, tretet ihr die Tür ein?»

Melluso hat genug.

«Seid Ihr Clementina Ficarra?»

«Sieht so aus.»

«Euer Ehemann ist Ernesto Ficarra?»

«Er war's.»

«Was bedeutet war es?»

«Was wohl? Dass er früher mein Mann war.»

«Und jetzt ist er es nicht mehr?»

«Nein.»

«Und warum nicht?»

«Weil er starb.»

Ein Schlag mit der Eisenstange hätte weniger Wirkung gezeitigt. Der Sicherheitsbeamte schwankt. Nur mit Mühe kann er sprechen.

«Wie ... wie starb er?»

«Lungenentzündung hat er gekriegt.»

«Und wa... wann war das?»

«Wann er starb? Am 10. Dezember letztes Jahr. Im Krankenhaus von Montelusa.»

«Ist denn Meldung von seinem Tod gemacht worden?»

«Was weiß ich? Mir hat man gesagt, die vom Krankenhaus kümmern sich drum.»

«Signora, diese Angelegenheit muss unbedingt geklärt werden. Sie müssen mit uns in den Ort kommen.»

«Gut, aber erst muss ich mich um den Garten kümmern. Deswegen komm ich jeden Morgen her.»

Damit es schneller geht, helfen Gammacurta und Lodico, Wasser aus dem Brunnen zu holen und die Pflanzen zu begießen.

Auf dem Rückweg erklärt die Witwe, nachdem sie für ein Gebet zu ihrem Seligen zehn Minuten Aufenthalt am Friedhof erbeten und erhalten hat, dass sie seit dem Tod ihres Mannes im Haus ihrer

Schwester Mariannina, verheiratete Gelsomino, in
der Via Alloro 28 lebt.

«Die Papiere, die man Ihnen im Krankenhaus gab,
wo sind die?»

«Im Haus meiner Schwester.»

Die Papiere sind tatsächlich da.

Und es gibt auch einen Zettel mit dem Vermerk:
«Am heutigen Tag, 10. Dezember 1909, Totenschein
ans Einwohnermeldeamt von Vigata geschickt.»

Mit dem Zettel in der Tasche wartet Melluso ange-
spannt und nervös, bis es Mittag wird. Jeden Sonntag um diese Zeit geht der Bürgermeister Sorren-
tino sein unvermeidliches Gläschen Cognac an
einem Tisch des Café Trincaria trinken.

Heute ist der Bürgermeister allein, ausnahms-
weise einmal nicht umringt von den üblichen ehe-
maligen Wählern, die sich nach der Wahl prompt in
Bittsteller verwandelt haben.

«Darf ich mich setzen?»

«Mein lieber Polizeichef, Sie bei mir zu haben
ist das reinste Vergnügen. Was darf ich Ihnen an-
bieten?»

«Eine Erklärung.»

«Welche Erklärung?», fragt der Bürgermeister
erstaunt.

«Erklären Sie mir, wie das Einwohnermeldeamt

dieser Gemeinde funktioniert», antwortet der Beamte steif und zeigt ihm den Zettel.

Der Bürgermeister liest, dann sieht er Melluso noch erstaunter an. Dieser berichtet ihm, was passiert ist. Der Bürgermeister wird rot vor Zorn. Er ruft einen Gemeindepolizisten an den Tisch.

«Such Ciccio Traina, und sag ihm, dass ich ihn in zehn Minuten in seinem Büro sehen will.»

Das Missverständnis ist schnell aufgeklärt. Als Traina, der Angestellte im Einwohnermeldeamt, den Totenschein erhielt, hat er die Meldung ordnungsgemäß eingetragen, sie jedoch, wie soll man sagen, den Personendaten eines gleichnamigen Einwohners zugeschrieben. Welcher demnach noch lebt. Aber fünfundneunzig Jahre alt ist. Und dass er seit über zwanzig Jahren bettlägerig ist, macht es äußerst unwahrscheinlich, dass er Cosimo Cammarota den Schädel eingeschlagen hat.

Es sieht also ganz so aus, als würde ein Ernesto Ficarra, der sich mit dem Titel des Mörders von Vigàta schmücken könnte, gar nicht existieren. Um den begangenen Fehler wiedergutzumachen, wagt Ciccio Traina einen schüchternen Vorstoß:

«Da gäbe es noch Calcedonio Ficarra.»

Der Bürgermeister und Melluso sehen ihn verblüfft an.

«Was hat der damit zu tun?», fragt Melluso.

«Nun, Sie müssen wissen, hier bei uns in Vigàta

tragen viele, die unter einem bestimmten Namen bekannt sind, in Wirklichkeit und strikt meldepolizeilich gesehen einen anderen. Das ist ein lokaler Brauch. Attilio Germanà zum Beispiel heißt Pompeo, Aurelio Navarria heißt Gastone ...»

«Und Calcedonio Ficarra, wie heißt der?», fragt der Polizeibeamte.

«Ernesto.»

«Und was tut er?»

«Er ist Bauer, Feldarbeiter.»

«Ist er verheiratet?»

«Ja.»

«Hat er Kinder?»

«Nein.»

«Wie alt ist er?»

«Um die vierzig.»

«Wo wohnt er?»

«Warten Sie, ich sehe nach», sagt Traina.

Leider wohnt Ficarra in der contrada Sucameli, in Casa di Dio. Dieser Bezirk gehört halb zu Vigàta und halb zur Gemeinde Montereale. Der Ordnungshüter Melluso hat einen genialen Einfall: Wider alle Gepflogenheit wird er Ficarra noch am heutigen Abend um sieben Uhr festnehmen. Und wenn er ihn nicht antrifft, hat er fest vor, sich dort so lange auf die Lauer zu legen, bis der Mann heimkommt.

Ficarras Häuschen besteht aus dem üblichen einzigen Raum, der zu allem dient. Als sie ankommen, ist es schon dunkel. Die Tür ist verschlossen, doch aus dem Fensterchen dringt ein schwacher Lichtschein.

«Was machen wir?», flüstert Lodico dem Beamten ins Ohr.

«Tritt die Tür ein», befiehlt Melluso, der keine Zeit mehr verlieren will.

Neun | Endlich

Die Tür springt viel zu leicht auf, so dass Lodico, von seinem eigenen Schwung mitgerissen und außerstande innezuhalten, der Länge nach auf dem Bett zu Fall kommt. In welchem bereits ein nacktes Paar liegt, das noch einen Augenblick zuvor damit beschäftigt war, sich gegenseitig Wonnen zu verschaffen.

Die Frau stößt einen Schrei aus und rutscht unter die Decke, der Mann tastet nach seiner Brille auf dem Nachttisch.

«Calcedonio Ficarra, du bist verhaftet!», brüllt der Polizeibeamte, wenig Sensibilität für die besonderen Umstände beweisend.

«A-aber... ich bin ja gar nicht Calcedonio Ficarra!», stammelt der Mann, während er die Brille aufsetzt.

«Wer seid Ihr dann?», fragt Gammacurta, doch erst nach einer Weile und stellvertretend für Melluso, dem es anscheinend die Sprache verschlagen hat.

«Luparello ist mein Name, Hauptbuchhalter der Gemeinde Montereale», erklärt der Mann, während er aus dem Bett springt und sich die Unterhose anzieht. Dann nimmt er sein Beinkleid vom Stuhl, greift nach der Brieftasche, zieht einen Ausweis heraus und reicht ihn den Polizisten.

«Stimmt», sagt Gammacurta und gibt ihm den Ausweis zurück.

«Aber Ihr seid doch die Frau von Calcedonio Ficarra, genannt Ernesto?», fragt Lodico, da sein Vorgesetzter sich noch immer nicht erholt hat.

«So ist es.»

«Und wo ist Euer Mann?»

«Was weiß ich? Seit Tagen seh ich den nicht! Verlassen hat er mich, der Dreckskerl! Allein gelassen und ohne einen Centesimo! Wie sollt ich denn essen, wenn der Buchhalter nicht wär?»

Als er sich wieder in der Gewalt hat, kann Melluso feststellen, dass Ficarra am selben Tag verschwunden ist, an dem der Mord an Cammarota entdeckt wurde.

Da bleibt nur, eine Großfahndung nach ihm einzuleiten. Leicht wird das nicht.

Als Doktor Gibilaro aus dem Mund des Polizeibeamten hört, was passiert ist, beginnt er, sich eine Erklärung für das ganze Geschehen zurechtzulegen.

Es handelt sich jedoch um eine Erklärung wider die eherne Überzeugung eines Mannes, der aus der Logik und der Vernunft seine Lebensgrundlage gemacht hat. Darum muss er sie für sich behalten und sich ein wenig dafür schämen.

So lautet die Erklärung: Mit alledem drückt die Münze ihren Wunsch aus, nicht wieder in der Welt zu erscheinen, sondern in jene Erde zurückzukehren, aus der man sie eines Tages geholt hat.

Jedenfalls will sie niemals, aus keinem einzigen Grund, in seiner armseligen Sammlung enden. Es ist, als weigerte sich eine Kaiserin zu Recht, in einem elenden Loch zu hausen.

Während die Suche nach Ficarra weitergeht, sammelt Melluso Beweise gegen ihn.

Er entdeckt, wo der Riegel gekauft wurde, was, um der Wahrheit die Ehre zu geben, nicht besonders schwierig ist, weil es in Vigata nur eine einzige Eisenwarenhandlung gibt. Deren Besitzer, Signor Genuardi, erinnert sich sogar sehr gut, dass er den Riegel um Heiligabend einem Bauern verkauft hat, «der andauernd lachte».

Außerdem spielt ein Spitzel dem Beamten Informationen zu. Offenbar hat ein Antiquitätenhändler aus Girgenti, Giulio Scibetta, die Münze gesehen, sich aber wegen ihrer eindeutig illegalen Herkunft geweigert, sie zu kaufen.

Bevor er den Händler aufsucht, lässt Melluso sich von Doktor Gibilaro sogar eine Zeichnung der Vorder- und der Rückseite der Münze anfertigen.

«Ja, genau das war sie», sagt Scibetta, als er die Zeichnung sieht. «Aber ich habe sie dem Anbieter zurückgeschickt.»

«Das war eine sehr kluge Entscheidung», lobt ihn Melluso. «Und eine noch bessere treffen Sie, wenn Sie mir den Namen des Anbieters nennen.»

Scibetta zögert.

«Ich möchte nicht ...»

«Ihr Schweigen wäre Beihilfe zum Mord.»

Der Beamte fährt die harte Tour, Scibetta wird sichtlich blass.

«Ist das Ihr Ernst?»

«Bei der Arbeit mache ich nie Witze», erwidert der Beamte trocken. Außerhalb der Arbeit übrigens auch nicht.

«Alessio Riguccio hat sie mir geschickt. Er bezeichnet sich als Antiquitätenhändler, aber in Wahrheit ist er ein ...»

«... Hehler», schlägt Melluso vor.

«Um ehrlich zu sein, wollte ich Trödler sagen», präzisiert Scibetta.

«Etwas würde ich gerne noch wissen. Warum hat er Ihnen die Münze geschickt?»

Scibetta lächelt.

«Weil er begriffen hat, dass sie eine Nummer zu groß für ihn ist. Und wissen Sie was? Ich hätte sie nicht mal genommen, wenn es eine offizielle Bescheinigung über ihre Herkunft gegeben hätte.»

«Warum nicht?»

«Weil sie auch für mich eine Nummer zu groß ist.»

«Tatsächlich?»

«Herr Polizeidirektor, diese Münze ist sehr wertvoll, sie ist sogar so wertvoll, dass sie praktisch keinen Handelswert besitzt, sie ist unverkäuflich.»

Da Melluso ein Beamter ist, der Zuständigkeiten und Hierarchien respektiert, begibt er sich ins Polizeipräsidium und schildert dem Polizeipräsidenten den Stand der Ermittlungen im Mordfall Cammarota.

Eine Stunde später wird Alessio Riguccio von Polizisten aus Girgenti wegen Hehlerei und mutmaßlicher Beihilfe zum Mord verhaftet und in die Polizeistelle von Vigata gebracht, um dort verhört zu werden. Die Anklage auf Beihilfe zum Mord ist eine Art Dietrich, der sämtliche Türen öffnet.

«Ich habe sie für Diebesgut gehalten!», verteidigt sich Riguccio.

«Das ist sie auch, doch um den Diebstahl zu begehen, hat Ficarra einen Menschen umgebracht. Also, wollen wir jetzt weitermachen?»

«Die Münze hab ich dem Kerl vorgestern Abend zurückgegeben.»

«Ist er zu dir nach Hause gekommen?»

«Jawohl, mein Herr. So hatten wir es vereinbart.»

«Ist er zu Pferd gekommen?»

«Nein, zu Fuß.»

Melluso übergibt Riguccio wieder der Polizei von Girgenti und sucht Doktor Gibilaro auf, der ihm etwas bestätigen soll. Ja, Cosimo Cammarota hat die Münze beim Umgraben des Bodens unter dem Sperone gefunden.

Der Beamte glaubt jetzt genau zu wissen, wo sich Ficarra versteckt, da er in der Umgebung von Girgenti bleiben musste, um mögliche Käufer der Münze zu treffen.

Direkt über dem Sperone gibt es eine Höhle, deren Eingang von einer dichten Macchia aus Wildkräutern verborgen wird. Früher war das einer der vielen geheimen Eingänge zu den unterirdischen Wasservorräten von Akragas, dann wurde er mit einer Mauer aus Steinen versperrt. Dort muss der Mörder Zuflucht gesucht haben.

Warum? Das kann Melluso nicht erklären, es ist eine seiner Erleuchtungen, aus der sich die Verbindung zwischen Ficarras Flucht und dem Fundort der Münze ergibt.

Flankiert von seinen üblichen Begleitern Lodico und Gammacurta, sieht Melluso mit Befriedigung den Sonnenaufgang nahen. Er ist steif vor Kälte. Als die Sonne dann auf die Macchia scheint, die die Höhle verbirgt, werden deren Zweige energisch zur

Seite gedrückt, und ein Mann in Hosen und Weste aus Barchent erscheint, der die Glieder reckt.

«Stehenbleiben!», schreit der Beamte von unten zu ihm herauf.

Vereinbarungsgemäß gibt Gammacurta, ein vorzüglicher Schütze, einen wirkungsvollen Schuss ab, der dicht am Kopf des Mannes vorbeizielt.

Der hebt entsetzt die Arme.

«Nicht schießen! Ich bin unbewaffnet!»

«Komm so runter, dass wir dich immer im Blick haben!», befiehlt Melluso.

Der Mann beginnt mit nackten Füßen abzusteigen, er hält sich an Felszacken und knotigen Wurzeln fest, die eine Art Treppe bilden. Schließlich kommt er keuchend unten an.

«Bist du Calcedonio Ficarra, genannt Ernesto?»

«Jawohl.»

«Hast du Cosimo Cammarota umgebracht?»

«Ein Unglück war das, ich schwör's! Ich wollt ihn nicht umbringen!», schreit Ficarra. Und lacht.

«Das wirst du dem Richter erklären. Kannst du mir sagen, was daran so lustig ist?»

«Ich lach ja gar nicht! Das ist ein nervöser Tick!»

«Wo ist die Münze?»

«In der Innentasche der Jacke.»

«Und wo ist die Jacke?»

«In der Höhle, zusammen mit den Schuhen.»

Es wäre unvorsichtig, Ficarra selbst hinaufzuschicken, obwohl ihm kein Fluchtweg mehr bleibt. Gammacurta muss zur Höhle klettern.

Er verschwindet hinter der Macchia und taucht mit einem Paar alter Schuhe in der einen und einer zerschlissenen Jacke in der anderen Hand wieder auf. «Sieh nach, ob die Münze in der Innentasche ist», befiehlt der Beamte von unten. Gammacurta stellt die Schuhe ab, steckt zwei Finger in die Tasche.

«Hier ist nichts!»

«Aber ich hab sie da reingetan», sagt Ficarra.

Die unerwartete Ohrfeige des Beamten bringt ihn ins Schwanken. «Bestimmt?»

«Ich schwör's!»

Unterdessen hat Gammacurta das Futter der Innentasche herausgezogen.

«Hier ist ein großes Loch!»

«Dann muss sie in das Jackenfutter gefallen sein, sieh nach!», schlägt Melluso vor.

«Da gibt's nichts nachzusehen! Das Futter ist überall zerrissen!»

«Guck in die anderen Taschen!»

«Da ist nichts.»

Diesmal ist es ein Schlag. In den Magenmund. Ficarra krümmt sich lachend vor Schmerzen.

«Sag mir, wo du sie versteckt hast, oder ich reiß dir die Eier ab.»

«Ich hab sie ja gar nicht versteckt! Sie muss in der Höhle runtergefallen sein», wimmert Ficarra.

«Sieh nach, ob sie in der Höhle auf den Boden gefallen ist», gibt der Beamte an Gammacurta weiter.

«Aber da drin ist es dunkel!», protestiert der Polizist. «Man bräuchte eine Taschenlampe.»

«Ich habe drei», sagt Lodico.

«Wo?»

«In der Satteltasche.»

«Dann geh sie holen», seufzt Melluso resigniert.

Für den Weg zu den Pferden braucht Lodico gute zehn Minuten und für den Rückweg ebenso lang.

Die Münze aber sollte erst viele Stunden später gefunden werden, als die letzte Taschenlampe kurz davor war zu verlöschen und die drei bereits alle Hoffnung aufgegeben hatten.

Als Doktor Gibilaro von dieser letzten Heldentat der kleinen Akragas erfährt, sieht er sich in seiner Theorie bestätigt, dass die Münze abermals für immer verschwinden möchte.

«Und wo ist sie jetzt?»

«Im Panzerschrank des Ermittlungsrichters Doktor Gerratana.»

«Ist sie dort sicher?»

«Natürlich. Aber ich muss Ihnen sagen, lieber Dottore, dass Ficarra eine andere Version als die Ihre zu Protokoll gegeben hat.»

«Nämlich?»

«Nämlich, dass Sie die Münze gesehen haben, weil Cammarota sie in Händen hielt und sie Ihnen schenken wollte. Doch als Sie die Münze an sich nehmen wollten, sind Sie vor Aufregung vom Pferd gefallen. Und dass Sie so reagiert haben, brachte Ficarra auf die Idee, die Münze könnte sehr viel wert sein. Es scheint auch einen Zeugen zu geben, einen gewissen Antonio Prestia. Was soll ich tun, lade ich ihn vor, oder entschließen Sie sich endlich, mir alles zu erzählen?»

Doktor Gibilaro fällt ein Stein vom Herzen, und er erzählt Melluso, wie es war.

«Ich verstehe nicht, warum haben Sie mir denn nicht gleich die Wahrheit gesagt?»

«Ich wollte vermeiden, dass Sie Prestia in die Hände bekommen, denn das ist ein anständiger Mann.»

«Vielen Dank für Ihr Vertrauen», entgegnet Melluso pikiert.

Zehn | Journalisten und Anwälte

Der Korrespondent des «Giornale dell'Isola» in Vigata hatte den Mord an Cosimo Cammarota seinerzeit auf drei Seiten beschrieben und den Artikel nach Palermo geschickt, worauf er ihn unter den Lokalnachrichten aus der Provinz auf knapp fünf Zeilen reduziert sah.

Dieselbe Zeilenmenge wurde ihm für den Bericht über die komplizierte Verhaftung des Mörders gewährt.

Groß ist darum seine Wut, als er sieht, dass seine Zeitung sogar eine halbe Seite, und zwar nicht unter den Lokalnachrichten, für den Artikel des Korrespondenten in Girgenti übrig hat. Darin wird das Motiv des Mordes an Cammarota erklärt: Aus Quellen des Polizeipräsidiums geht hervor, dass der Bauer zufällig in den Besitz einer unermesslich wertvollen Münze geraten war, dem weltweit einzigen Exemplar der sogenannten kleinen Akragas, und dass Ficarra zum Mord getrieben wurde, um in ihren Besitz zu gelangen.

Numismatiker sind zu der Zeit nicht gerade zahlreich und kennen sich untereinander alle.

Die Nachricht kommt dem Commendatore Filiberto Montesconi zu Ohren. Seit Jahren schreibt er eine Kolumne für Numismatik und Philatelie in der größten italienischen Tageszeitung, die in Mailand gedruckt wird.

Montesconi beeilt sich, dem Chefredakteur mitzuteilen, dass diese Geschichte, wenn sie sich bestätigt, sogar für die ganze Welt von Interesse sein könnte. Der Chefredakteur spricht daraufhin mit dem Direktor der Zeitung persönlich.

Und so taucht eines schönen Morgens Evaristo Borlenghi, ein bekannter Sonderberichterstatter der Tageszeitung, soeben aus Mailand eingetroffen, in Mellusos Büro auf, um ihm ein paar Fragen zu stellen.

Melluso erzählt alles, er hat nichts zu verbergen, und um den Reporter loszuwerden, schickt er ihn weiter zu Doktor Gibilaro, «dem der arme Cammarota die Münze schenken wollte».

«Warum wollte er sie Ihnen schenken?»

Das ist eine der ersten Fragen, die Borlenghi dem Doktor stellt.

«Wegen eines unangemessenen Gefühls der Dankbarkeit, glaube ich.»

«Warum unangemessen?»

«Weil ich lediglich meine Pflicht getan habe.»

«Hätten Sie die Münze denn angenommen?»

«Ich glaube, ja. Immerhin war ich schon im Begriff, sie entgegenzunehmen, bin dann aber vom Pferd gefallen. Aber ich hätte dafür gesorgt, dass Cammarota seinerseits von mir eine stattliche Summe annimmt.»

«Wie viel?»

«Hören Sie damit auf.»

«Warum?»

«Weil es einen Erben gibt. Er ist der rechtmäßige Besitzer der Münze.»

«Und wer ist dieser Erbe?»

«Cammarotas Sohn, der wegen Mordes im Gefängnis sitzt.»

Zwei Tage später erscheint Borlenghis Artikel und erregt großes Aufsehen. Die Numismatiker bringen sich ins Gerede, die Entdeckung ist sensationell, die Nachricht geht um die Welt.

Doch die eigentliche Bombe ist der nächste Artikel. Borlenghi hat die Erlaubnis bekommen, den Gefangenen Pietro Cammarota im Gefängnis zu besuchen und ihn zu interviewen.

Der Journalist berichtet, dass der Verurteilte ihm anvertraut habe, die dreizehn im Gefängnis verbrachten Jahre hätten ihn gründlich verändert, er empfinde jetzt tiefen Abscheu vor dem begangenen Verbrechen, habe Lesen und Schreiben gelernt und sei religiös geworden und der Mord an seinem Vater habe ihn so erschüttert, dass er nächtelang unter

Tränen für das Seelenheil des Mörders Ficarra gebetet habe. Auf die abschließende Frage, was er mit der Münze zu tun gedenke, sobald er in ihren Besitz komme, antwortet er, ohne einen Augenblick zu zögern:

«Sie Doktor Gibilaro schenken, wie mein Vater es wollte. Ich habe den Anwalt Murmura damit beauftragt, die nötigen Schritte einzuleiten.»

Borlenghi ist ein ausgezeichneter Journalist, ein Trüffelhund mit unfehlbarem Riecher. Bei dem Gespräch mit Pietro Cammarota hat er herausbekommen, dass dieser eine Schwester hat, Rosalia, die als Dienstmädchen im Haus des Anwalts Scozzari arbeitet.

Borlenghi erhält die Erlaubnis, sie in der Kanzlei ihres Arbeitgebers zu treffen. Allerdings wird Rosalia dort, abgesehen von der anfänglichen Begrüßung, den Mund nicht mehr aufmachen, sie wird die Stumme spielen.

Sprechen wird ausschließlich der Anwalt Scozzari.

«Ich möchte vorausschicken, dass Rosalia für meine Gattin Augusta und mich mittlerweile wie eine Tochter ist …»

Die Argumentation des Anwalts läuft auf eine einfache Feststellung hinaus. Als Gefangener mit einer lebenslänglichen Freiheitsstrafe kann Pietro Cammarota die Münze nicht erben. Tatsächlich steht in der Urteilsbegründung, die Borlenghi gezeigt wird, dass der gesamte gegenwärtige und zukünftige Besitz des Gefangenen einem Vormund übergeben werden muss, welcher nach Belieben darüber verfügen kann. Weiterhin wird in dem Papier Cammarotas Schwester Rosalia zu seinem Vormund ernannt.

«Und dies ist die Vollmacht, die Rosalia mir ausgestellt hat», schließt der Anwalt und hält sie dem Journalisten unter die Nase.

«Und wie ist Ihre Einstellung dazu?»

«Wie meinen Sie das?»

«Sind Sie bereit, die Münze Doktor Gibilaro zu schenken?»

«Ich weise Sie darauf hin, dass Rosalia keinen Grund hat, sich gegenüber Doktor Gibilaro zur Dankbarkeit verpflichtet zu fühlen», bemerkt Scozzari trocken.

Dieser letzte Satz gefällt den Lesern der bekanntesten italienischen Tageszeitung nicht. Dutzende Briefe kommen in der Redaktion an. Der reuige Zuchthäusler, der aus einer dunklen Zelle, wo sein Körper verfault, eine so erhabene Botschaft der Frömmigkeit und des Glaubens an die moralischen Werte der Familie schickt, rührt die Öffentlichkeit.

Rosalia und der Anwalt Scozzari erscheinen nun als kleinliche, unsympathische Personen. Im Grunde, schreibt ein Leser, habe auch Pietro Cammarota keinen Grund, Doktor Gibilaro dankbar zu sein, und dennoch …

«Wir werden nicht zulassen, dass der noble Wunsch des verstorbenen Cammarota vereitelt wird, zumal er in Gegenwart zweier Zeugen ausgesprochen wurde, die ihn bestätigen!», tönt der Anwalt Murmura.

Und wie denkt Doktor Gibilaro darüber?

«Ich füge mich in den Entschluss, den die Münze trifft.»

Eine sibyllinische Erklärung, die von den meisten als geistreiches Bonmot aufgefasst wird.

Der Korrespondent des «Giornale dell'Isola» in Girgenti bekommt die Gelegenheit, sich, wenn auch nur vorübergehend, für die Niederlage zu rächen, die ihm der Kollege Borlenghi bereitet hat. Als er am frühen Morgen ins Polizeipräsidium geht, um zu erfahren, ob es in der Nacht Neuigkeiten gegeben hat, schnappt er eine Nachricht auf, die eigentlich geheim bleiben sollte: Diebe sind ins Gerichtsgebäude eingedrungen, was sie gestohlen haben, weiß man noch nicht.

Er eilt zum Gericht, stößt aber überall auf eisernes Schweigen. Schließlich kann er genauere Informationen von seinem Cousin bekommen, einem Gerichtsvollzieher. Der Panzerschrank im Zimmer des Ermittlungsrichters Gerratana wurde aufgebrochen und sein gesamter Inhalt gestohlen. Alle wissen, dass der Richter dort die berühmte Münze aufbewahrte.

Also ...

«Il Giornale dell'Isola» eröffnet mit einer sechs Spalten breiten Überschrift: *Dem Prozess fehlt der Streitgegenstand. Die kleine Akragas von Unbekannten gestohlen.*

Doktor Gibilaro liest den Artikel nach der Rückkehr von seiner morgendlichen Runde, bevor er sich zum Mittagessen hinsetzt. Er lacht lauthals auf, verschluckt sich an dem Wasser, das er beim Lesen trank, und bekommt fast keine Luft mehr.

Borlenghi interviewt den Ermittlungsrichter Gerratana, der sich sehr ausweichend äußert.

«Ob die Münze verschwunden ist oder nicht, hat keinerlei Einfluss auf das laufende Verfahren gegen Calcedonio Ficarra, genannt Ernesto.»

«Herr Richter, ich meinte die Erbschaftsangelegenheit. Sie wissen, dass es derzeit einen Rechtsstreit zwischen Pietro Cammarota und seiner Schwester Rosalia gibt. Sollte die Münze verschwunden sein ...»

«Hören Sie, da wenden Sie sich an den Falschen. Ich bin nicht beauftragt, über diese Frage zu entscheiden. Also kann ich mich dazu auch nicht äußern. Jedenfalls wird, auch wenn die Münze

101

verschwunden sein sollte, diese Tatsache meiner Meinung nach unmaßgeblich für den Rechtsstreit sein.»

«Wieso unmaßgeblich? Wäre er nicht sinnlos ohne den Streitgegenstand?»

«Praktisch ja. Juristisch hingegen wäre er sehr sinnvoll. Darum würde ich, das sage ich als Privatperson, die Anwälte auffordern, die Klage nicht zurückzuziehen.»

Nein, das überzeugt Borlenghi nicht, er glaubt, dass der Richter ihm nicht alles erzählt hat. Darum betitelt er seinen nächsten Artikel: *Was verschweigt der Ermittlungsrichter Gerratana?* Dieselbe Frage stellt Doktor Gibilaro dem Polizeibeamten Melluso.

Dieser lächelt.

«Der Richter ist schlau.»

«Wie meinen Sie das?»

«Ich darf nicht reden.»

«Ich verspreche, dass ich alles, was Sie mir sagen, für mich behalten werde.»

«Ihr Ehrenwort?»

«Mein Ehrenwort.»

«Stellen Sie mir Fragen, das ist besser.»

«Ist die Münze gestohlen worden?»

«Nein.»

«Befindet sie sich noch im Gericht?»

«Nein.»

«Wo ist sie dann?»

«In einem Schließfach der Banca d'Italia. Als der Richter gesehen hat, dass zu viel Lärm um die Münze gemacht wurde, hat er sie dort deponiert. Und wie Sie sehen, hat er gut daran getan.»

Doktor Gibilaro ist nicht ganz einverstanden. Im Grunde seines Herzens hätte er es vorgezogen, wenn die Münze von Unbekannten gestohlen worden wäre und er nichts mehr von ihr gehört hätte.

Den Prozess gegen Ficarra verfolgt der Korrespondent des «Giornale dell'Isola» aus Girgenti praktisch allein. Niemand interessiert sich dafür, alles hat nur Augen für die Artikel, die Borlenghi weiterhin an seine Zeitung schickt. Zumal er den Anwälten Murmura und Scozzari einen wirklich originellen Vorschlag gemacht hat.

Der Vorschlag basiert auf der Annahme, dass die kleine Akragas gestohlen wurde. Welchen Sinn hätte ein Zivilprozess zwischen den gegnerischen Parteien über eine inexistente Erbschaft? Wäre es nicht besser, die Sache einer Jury aus ehrenamtlichen Mitgliedern vorzulegen, deren Urteil auch dann bindend wäre, wenn die Münze wiedergefunden wird?

Borlenghi nennt keine Namen, doch er schlägt vor, einen angesehenen Juristen, einen ranghohen Geistlichen, einen ehrenwerten Familienvater, einen Gerichtspräsidenten im Ruhestand und einen

Universitätsprofessor, der Fachmann für Erbschaftsrecht ist, in diese Jury zu wählen. Gemeinsam rufen die Tageszeitung der Insel und die Mailänder Zeitung zu einer Umfrage auf: *Welche Namen schlagen Sie für die Ehrenjury vor?* Anfangs zögern die Anwälte Murmura und Scozzari, tendieren dazu, ihre Zustimmung zu verweigern, doch als Borlenghi ihnen mitteilt, dass ihre Plädoyers, vorausgesetzt, ein jedes dauert nicht länger als eine Dreiviertelstunde, in der auflagenstärksten Tageszeitung Italiens vollständig abgedruckt werden, ändern sie ihre Meinung radikal.

Wann bekommen unbedeutende Provinzanwälte wie sie schon eine solche Gelegenheit?

In Rekordzeit werden die Mitglieder der Jury von den Lesern gewählt. Auf ihrer ersten, von Borlenghi getreulich wiedergegebenen Sitzung stellen die Geschworenen eine Art internen Verhaltenskodex auf. In der zweiten Sitzung wird der Anwalt Murmura angehört, in der dritten der Anwalt Scozzari. Drei weitere Sitzungen braucht die Jury, um ihr Urteil zu sprechen. Der begeisterte Artikel von Borlenghi trägt die Überschrift: *Die Gerechtigkeit hat gesiegt! Der Wille des Verstorbenen respektiert! Die kostbare Münze Doktor Gibilaro zugesprochen.*

Fast unbemerkt bleibt die gleichzeitige Verurteilung von Calcedonio Ficarra, genannt Ernesto, zu einer lebenslänglichen Freiheitsstrafe.

Der letzte Artikel, den Borlenghi über das The-
ma schreibt, bringt die Enthüllung, dass die Münze
nicht gestohlen wurde, und schildert ihre Übergabe
an Doktor Gibilaro seitens der Gerichtsbehörden,
vertreten durch den Richter Gerratana.

Es gibt ein Detail, das Borlenghi nicht erwähnt,
weil er nichts davon weiß.

Noch am selben Tag, an dem er die kleine Akragas erhält, begibt sich Doktor Gibilaro, begleitet
vom Beamten Melluso, in die Filiale der Banca d'Italia von Girgenti und deponiert die Münze in einem
Schließfach. Seine Sammlung wird nur einen Wachs-
abdruck der Münze enthalten.

Elf | Der Deus ex Machina

Über ein Jahr vergeht. An die Münze und die mit ihr zusammenhängenden Ereignisse erinnert sich im April 1911 fast niemand mehr, nicht einmal im Städtchen selbst. Alles ist schnell in Vergessenheit geraten.

Andere Ereignisse, andere Schicksale füllen die Zeitungsseiten. In der internationalen Politik herrscht eine gewisse Unruhe, die möglicherweise zu offenen Auseinandersetzungen führen wird.

Doch je mehr Tage vergehen, desto unzufriedener wird Doktor Gibilaro mit der von ihm geschaffenen Situation. Er hat das Gefühl, der Münze ein schweres Unrecht zuzufügen, wenn er sie für immer in ein dunkles Schließfach einsperrt und ihr die öffentliche Bewunderung verweigert, die sie verdient. Andererseits wagt er nicht, sie in seine Münzsammlung zu überführen. Ganz abgesehen von der Gefahr eines Diebstahls, ist seine Sammlung einfach zu erbärmlich, die Münze wäre vollkommen fehl am Platze.

Außerdem hat er das undefinierbare Gefühl, dass er nicht zu der kleinen Akragas gehört. Wann immer er ein wenig freie Zeit hat, reitet er nach Girgenti, geht zur Banca d'Italia, öffnet das Schließfach, nimmt die Münze in die Hand und betrachtet sie lange.

Sie ist sein eigen, aber er weiß, dass sie ihm im Grunde nicht gehört. So wie er der Münze nicht gehört. Es ist ihm nicht gelungen, sie zu der seinen zu machen. Diese Münze durchquert sein Leben wie ein Meteorit, aber zuinnerst spürt er, dass sie nie ein fester Bestandteil dieses Lebens werden wird.

Ein Gefühl, das manchmal bis zur Fremdheit reicht.

Der Doktor befindet sich also in einer Verfassung zunehmenden Unbehagens, als eines Tages, um genau zu sein, am 12. Juni, während seines Nachmittagsschläfchens ein Bote der Königlichen Präfektur von Girgenti an die Haustür klopft, um einen «streng vertraulichen» Brief des Präfekten, Seiner Exzellenz Michele Staderini, zu überbringen.

Der kurze, höflich formulierte Brief lädt Doktor Stefano Gibilaro zu einer privaten Unterredung mit dem Präfekten ein, welche am nächsten Tag zu einer vom Doktor selbst festzulegenden Uhrzeit stattfinden soll.

Der Doktor informiert den Boten, der kerzengerade auf der Schwelle stehengeblieben ist, um die Antwort abzuwarten, dass er am nächsten Tag um drei Uhr nachmittags in der Präfektur erscheinen wird.

Das Nachmittagsschläfchen wird ausfallen, schade, aber er möchte seine amtsärztlichen Pflichten wegen einer wenngleich höchst ungewöhnlichen Vorladung auf die Präfektur keinesfalls vernachlässigen. Er ist nicht einmal neugierig auf den Grund. Denn er ahnt ihn bereits: Es geht um eine Kontroverse zwischen der kommunalen Verwaltung und einigen Bürgern, die jedoch die Gesundheit aller Einwohner von Vigata betrifft.

Der Präfekt empfängt ihn, ohne ihn im Vorzimmer warten zu lassen. Sie hatten bereits Gelegenheit, einander kennenzulernen.

«Ich komme sofort zur Sache, damit Sie keine kostbare Zeit verlieren.»

«Ich danke Ihnen, Exzellenz.»

Doch jetzt, da er zur Sache kommen will, scheint Seine Exzellenz ein wenig verlegen. Er hustet. Schiebt einen Briefbeschwerer hin und her. Der Doktor wartet geduldig.

«Ich habe überraschend einen Brief des Zeremonienmeisters Seiner Majestät bekommen», sagt er endlich.

«Welcher Majestät?», fragt der Doktor völlig verwirrt. Er dachte, er sei wegen eines Abwasserproblems gerufen worden.

108

«Wie welcher Majestät? Seiner Majestät Vittorio Emanuele III. natürlich! Unser König!», ruft Seine Exzellenz überrascht und entrüstet zugleich aus.

«Ich bitte um Verzeihung.» Der Doktor bereut seinen Lapsus augenblicklich.

«In diesem Brief», fährt der Präfekt fort, «werde ich gebeten, dafür zu sorgen, dass Sie einer Person eine kurze Unterredung gewähren, welche Seine Majestät eigens aus Rom kommen lassen würde. Tag und Stunde des Gesprächs dürfen Sie ganz nach Belieben festsetzen.»

Der Doktor ist vor Überraschung wie benommen.

«Ich selbst soll …»

«So ist es. Doch bedenken Sie, dass zwischen dem Eintreffen meiner Antwort und der Zeit, welche die von Seiner Majestät beauftragte Person für die Reise von Rom bis hierher benötigt, einige Tage vergehen werden. Die Begegnung kann also nicht vor der nächsten Woche stattfinden.»

«Heute ist Mittwoch. Sagen wir nächste Woche am Donnerstag?», schlägt der Doktor vor.

«Ich werde es ausrichten und Sie in Kenntnis setzen. Was den Ort betrifft, so erlaube ich mir, Ihnen die Präfektur nahezulegen.»

«Einverstanden.»

«Und die Uhrzeit?»

«Sagen wir um drei, wie heute.»

«Sehr gut. Zumal der Gesandte Seiner Majestät hier im Gästehaus übernachten wird.»

Es kann sich nur um die kleine Akragas handeln.

Der Doktor weiß alles über die Liebe des Königs zur Numismatik, die entstand, als seine irische Gouvernante dem Sechsjährigen einen Soldo von Pius IX. schenkte, und sich fortsetzte, als sein Hauslehrer, Oberstleutnant Egidio Osio, ein Numismatiker, den Jungen ermunterte, eine systematische Sammlung anzulegen. Der Doktor weiß auch, dass Seine Majestät derzeit über eine beeindruckende Münzsammlung von etwa 60 000 Exemplaren verfügt.

Wie allseits bekannt, beschränkt sich diese Sammlung jedoch auf italienische Münzen. Bekommt der König eine Münze aus der griechischen oder römischen Antike geschenkt, verkauft er sie entweder oder verschenkt sie seinerseits. Wer griechische oder römische Münzen sammelt, muss die Geschichte dieser Völker studieren und sich die Fähigkeit aneignen, Inschriften in den alten Sprachen lesen zu können. Seine Majestät hegt jedoch eine in der Jugendzeit entstandene heftige Abneigung gegen die humanistischen Studien. Welchen Grund hätte er also, sich für die kleine Akragas zu interessieren? Aber es ist zwecklos zu grübeln, er muss sich nur ein paar Tage lang in Geduld üben.

Wie beim letzten Mal empfängt der Präfekt ihn sofort. Er ist nicht allein. Bei ihm ist ein Mann um die Fünfzig, mittelgroß, recht elegant, mit eindeutig militärischem Habitus, obwohl er Zivilkleidung trägt. Seine Exzellenz stellt sie einander vor.

«Doktor Stefano Gibilaro. General Marchese Giustino di San Lorenzo, Edelmann bei Hof.»

Dieser schlägt die Hacken zusammen, beugt leicht den Kopf, hebt ihn wieder, reicht dem Doktor die Hand und hält abrupt inne, um ihn entgeistert anzusehen.

«Aber …»

Auch dem Doktor steht die Verwunderung ins Gesicht geschrieben. Er öffnet und schließt den Mund, bringt aber kein Wort heraus.

«Wie ein Ei dem anderen!», ruft der Präfekt aus.

Tatsächlich. Der Doktor und der Marchese könnten Zwillinge sein, die Ähnlichkeit ist beeindruckend.

«Bitte verzeihen Sie meine Frage, aber wann sind Sie geboren?», fragt der Marchese. Der Doktor nennt ihm den Tag, den Monat und das Jahr. Der Marchese lächelt:

«Wissen Sie was? Ich bin älter als Sie. Knapp zwei Tage.»

Jetzt lachen alle drei.

Derartige Situationen schaffen entweder eine unerträgliche Peinlichkeit, oder sie lösen sich in einem befreienden Lachen auf. Schlagartig ist die Atmosphäre im Arbeitszimmer des Präfekten weniger steif.

«Ich habe einen kleinen Salon vorbereiten lassen, wo Sie in aller Ruhe miteinander sprechen können», sagt der Präfekt.

Sie folgen ihm. Bevor er sie allein lässt, zeigt der Präfekt auf eine Kordel, die neben dem Diwan herabhängt.

«Was auch immer Sie benötigen …»

«Rauchen Sie?», fragt der Marchese und zieht zwei lange Zigarren aus seiner Westentasche.

«Nein, danke.»

«Ich rauche.» Und er zündet sich eine der Zigarren an.

«Bitte erlauben Sie mir noch eine neugierige Frage. Sind Sie verheiratet? Haben Sie Kinder?»

«Ja, einen Sohn. Er studiert Medizin in Palermo.»

«Ich habe zwei, einen Jungen und ein Mädchen.»

Der Marchese macht eine Pause, er genießt seine Zigarre.

«Ich hatte bisher noch keine Gelegenheit, Sizilien zu besuchen», sagt er plötzlich.

«Wie sind Sie hergekommen?»

«In Neapel habe ich mich auf eine Korvette der Marine eingeschifft. Die Reise von Palermo nach Girgenti habe ich dann in der Kutsche zurückgelegt. Leider bin ich über lange Strecken durch brachliegende Landstriche gefahren. Wie schade! Der Boden leidet, wenn er nicht bestellt wird. Und welch ungeheure Verschwendung!»

«Wissen Sie, es sind die Großgrundbesitzer, die ...»

«Ich kenne das Problem. Ich selbst gehöre zum, wie soll ich sagen, zum Landadel. Ich habe Weinberge. Mein Wein ist nicht schlecht.»

«Die gibt es auch hier in unserer Gegend, Weinberge.»

«Ich würde gerne einen Vergleich zwischen unseren Methoden der ... nun, darüber würde ich gerne mit jemandem sprechen, der sich direkt mit dem Weinbau beschäftigt.»

«Wie lange werden Sie bleiben?»

«Hm, zwei, drei Tage vielleicht.»

«Wenn Sie morgen früh mit mir kommen wollen ... Bei Sonnenaufgang beginne ich meine Runde, ich besuche Patienten, die ihre Häuser auf dem Land nicht verlassen können ...»

Er hat geredet, ohne zu überlegen. Denn ihm ist, als würde er den Mann, der vor ihm sitzt, schon seit einer Ewigkeit kennen. Andererseits ähneln sie sich wirklich sehr ...

«Das täte ich nur zu gerne! Vielen herzlichen Dank!», sagt der Marchese.

Und sie lächeln sich an.

«Jetzt komme ich zum Grund meines Besuchs.

Den Sie höchstwahrscheinlich schon erraten haben.»

«Ich glaube, ja. Die Münze aus Akragas?»

«Genau. Wie Sie sicher wissen, ist Seine Majestät ausschließlich an italienischen Münzen interessiert.»

«Darum habe ich mich ja auch gefragt, warum ...»

«Es handelt sich um eine rein ästhetisch begründete Neugier ohne bestimmte Absichten. Um diese Münze, von der es offenbar nur ein einziges Exemplar auf der Welt gibt, ist ein so großes Gerede gemacht worden, dass Seine Majestät sie einfach nur sehen möchte. Sie ein paar Stunden in Händen halten und Ihnen dann zurückgeben.»

«Keinerlei Einwände, doch wie ...»

«Es gäbe eine Lösung. Und ich möchte Ihnen verraten, dass Seine Majestät persönlich darauf gekommen ist.»

«Erklären Sie es mir.»

«Sie vertrauen mir die Münze an, und ich bringe sie Seiner Majestät. Am folgenden Tag werde ich persönlich die Reise wieder in umgekehrter Richtung antreten und Ihnen die Münze zurückerstatten.»

Der Doktor will etwas sagen, doch der Marchese hält ihn mit einer Handbewegung zurück. «Entschuldigen Sie, ich bin noch nicht fertig. Natürlich wurde ich auf der Hinfahrt eskortiert und werde immer mit Eskorte reisen. Dies zu Ihrer Beruhigung. Doch abgesehen davon möchte ich, sobald mir die Münze übergeben wurde, in der Filiale der Banca d'Italia von Girgenti auf Ihren Namen ein Kautionsdepot über, sagen wir, fünfzigtausend Lire oder eine andere von Ihnen gewünschte Summe eröffnen, zu dem Sie Zugang erhalten, falls die Münze nicht zurückerstattet wird. Selbstverständlich wird das Depot im Augenblick der Rückgabe gelöscht. Sie müssen mir Ihre Entscheidung nicht sofort mitteilen. Wir haben keine Eile. Sagen Sie es mir morgen. Die Nacht bringt Rat, wie man zu sagen pflegt.»

«Ich brauche nicht bis morgen zu warten», sagt der Doktor. «Meine Antwort lautet Ja. Freilich unter einer Bedingung.»

«Ich höre.»

«Ich möchte kein Kautionsdepot.»

«Als ich Sie kennenlernte», sagt der Marchese, «habe ich einen Augenblick später gewusst, dass Sie das Depot ablehnen würden. Doch ich muss darauf bestehen.»

«Ich auch.»

«Ich bitte Sie, Dottore, Seine Majestät hat es mir als Conditio sine qua non aufgetragen. Falls Sie das Depot verweigern, habe ich den ausdrücklichen Befehl, mit leeren Händen nach Rom zurückzukehren. Seine Majestät wäre tief enttäuscht.»

«Na gut», sagt der Doktor widerstrebend.

«Ich danke Ihnen. Natürlich werde ich Seiner Majestät genau Bericht über alles erstatten, Er wird von Ihrer noblen Großherzigkeit hören. Und wie verbleiben wir beide jetzt, wo wir das kleine Problem gelöst haben?»

Zwölf | Wie im Märchen

Schlag fünf Uhr erscheint der Marchese vor dem Haus des Doktors. Der Mann, der ihn begleitet, steigt vom Pferd und klopft. In einem Fenster taucht der Doktor auf:

«Möchten Sie heraufkommen und einen Kaffee trinken?»

«Sehr gerne, wenn ich nicht störe.»

'Ndondò hat darauf bestanden, sie war nicht davon abzubringen. «Wenn er dir so sehr gleicht, will ich ihn kennenlernen!»

Der Marchese verabschiedet seinen Begleiter, der Doktor kommt herunter, um ihm die Tür aufzumachen. 'Ndondò präsentiert sich in Festtagskleidung, ist vom Anblick des Marchese jedoch offensichtlich verwirrt, so dass sie kein Wort mehr herausbringt. Den Gnadenstoß hat ihr der Gast selbst versetzt, als er ihr, hochelegant in seinem Jagdanzug, einen formvollendeten Handkuss gab. Nachdem sie Kaffee getrunken haben, gehen die beiden hinaus. Der Doktor holt sein Pferd, der Marchese steigt auf das Tier, das man ihm in der Präfektur zur Verfügung gestellt hat.

Der Tag ist sonnig, warm, prächtig. Sie reiten schon eine Weile, als das Gespräch wieder auf die kleine Akragas kommt. Der Marchese hat sogar angefangen, er möchte den Doktor noch einmal beruhigen, solange ihm die Münze anvertraut ist, besteht keinerlei Gefahr, dass sie verschwindet.

«Seien Sie da nicht so sicher. Noch ist nicht gesagt, dass sie es nicht versucht.»

«Wer?», fragt der Marchese.

Da beschließt der Doktor, wer weiß, warum, vielleicht weil dieser Mann ihm so ähnlich sieht, dass er sein Bruder sein könnte, sich zu offenbaren, und gesteht dem Marchese, dass er den aberwitzigen Eindruck hat, die Münze sei mit einer Art eigenem Willen begabt. Als würde sie, solange sie keine Unterbringung nach ihrem Geschmack findet, fortwährend versuchen, wieder unter der Erde zu verschwinden. Und da der Marchese nicht nur keine ironischen Bemerkungen über seine Theorie macht, sondern ihm sogar mit größter Aufmerksamkeit zuhört, vertraut er ihm auch an, dass hierin möglicherweise der Grund liegt, warum er die Münze nicht gänzlich als sein Eigentum empfinden kann.

Da reagiert der Marchese mit einem verblüffenden Satz:

«Ich verstehe Sie vollkommen. Mir ist etwas Ähnliches passiert.»

«Mit einer Münze?», fragt der Doktor erstaunt.

«Nein, mit meiner Tochter Adelaide. Sie war die meine, ich liebte sie, aber in meinem Inneren wusste ich, dass sie mir nie ganz gehören würde. Sie würde, wie es richtig und natürlich ist und wie es eines Tages auch geschah, dem Mann gehören, der sie liebte und von dem sie Kinder haben würde.»

Der Doktor lässt den Marchese auf dem Hof von Don Minico Savasta zurück. Don Minico, der Weinberge besitzt und Wein erzeugt, ist hocherfreut, mit einem «Piemonteser» sprechen zu können, der sich auf Weinbau versteht. Zumal er genau im richtigen Moment kommt. Es ist die Zeit des Rebschnitts, des Entfernens von Schösslingen, des vorsichtigen Ausdünnens der Trauben. Der Doktor wird den Besucher wieder abholen, wenn er seine Patientenrunde gemacht hat.

«Es war ein herrlicher Vormittag, ich bin Ihnen sehr dankbar», sagt der Marchese, als er den Doktor mittags ankommen sieht. «Ich bin lange durch die Weinberge von Don Minico gewandert, und Sie glauben nicht, wie viel ich gelernt habe!»

Während sie nach Vigàta zurückreiten, stellt der Marchese dem Doktor viele Fragen nach Pietro Cammarota und der Familie des Mannes, den Pietro umgebracht hat.

Nachdem der Doktor ihm ausführlich geantwortet hat, sagt er: «Meiner Meinung nach hat die Jury einen schweren Fehler begangen, als sie mir die Münze zugesprochen hat.»

«Warum?»

«Weil es gerechter gewesen wäre, die Münze den Erben zu überlassen und sie zum Verkauf sowie zur Schenkung der Hälfte des Erlöses an die Familie des von Pietro ermordeten Mannes zu verpflichten, denn diese Menschen leben in entsetzlicher Armut. Und das ist auch mein Kummer, dass ich die Münze besitze und trotzdem nichts für diese armen Leute tun kann.»

Dazu schweigt der Marchese.

Am nächsten Morgen treffen sie sich um neun Uhr vor der Banca d'Italia. Der Marchese wird von zwei Männern in Zivil begleitet. Der Doktor öffnet das Schließfach, nimmt die Münze heraus, legt sie in eine mitgebrachte Schachtel, in der sich früher seine goldenen Manschettenknöpfe befanden, und überreicht sie dem Marchese. Darauf zieht dieser die Quittung für das Kautionsdepot aus der Tasche und gibt sie dem Doktor.

Sie verlassen die Bank und tauschen einen herzlichen Händedruck.

«Wir werden uns in der nächsten Woche wiedersehen», sagt der Marchese. «Und ich bitte Sie: Niemand darf erfahren, aus welchem Grund ich hergekommen bin.»

Doch die Geschichte vom mysteriösen Piemonteser General, der obendrein Marchese ist, in direktem Kontakt mit dem König steht und Doktor Gibilaro wie ein Ebenbild gleicht, verbreitet sich innerhalb von vierundzwanzig Stunden in ganz Vigata.

Es war Don Minico, der, beeindruckt vor allem von der unglaublichen Ähnlichkeit zwischen den beiden, die ganze Geschichte ausgeplaudert hat. Ob sie wenn nicht gar Brüder, vielleicht Stiefbrüder sind? Doktor Gibilaro ist zwar in Vigata geboren, aber was weiß man schon über seinen Vater, der aus Palermo stammte und in seiner Jugend lange in Turin gelebt hatte? War er nicht mehrmals dorthin zurückgekehrt? Und war er nicht ein ausnehmend schöner Mann, der den Frauen sogar noch im Alter den Kopf verdrehte? Na also! Wie viel macht zwei und zwei? Natürlich werden noch andere Vermutungen angestellt. Dass der Vater des Doktors ein unehelicher Sohn vom Vater jenes Marchese war, der nach Vigata gekommen ist … Dass die Mutter des Doktors als blutjunges Mädchen ihrem Mann nach Turin folgen musste …

«Erzählen Sie mir die Wahrheit über diese Geschichte?», bittet der Polizeibeamte Melluso den Doktor eines Abends, als sie sich auf der Mole ein wenig die Beine vertreten.

«Ich erzähle sie nur Ihnen, und Sie müssen mir versprechen, es niemandem weiterzusagen.»

Er erzählt ihm alles.

«Und Sie ähneln einander wirklich?»

«Aufs Haar, die Ähnlichkeit ist verblüffend.»

«Im Ort gehen viele Gerüchte um ...»

«Mir ist alles pflichtgemäß hinterbracht worden ... Die glaubwürdigste Hypothese ist, dass wir Stiefbrüder sind. Aber das ist unmöglich. Sehen Sie, der Marchese ist zwei Tage vor mir geboren. Und mein Vater reiste damals schon seit zwei Jahren nicht mehr nach Turin.»

«Aber woher wissen Sie das?»

«Ich habe die geschäftliche und private Korrespondenz meines Vaters überprüft, die ich aufbewahre.»

Der Beamte bleibt stehen, blickt ihn an.

«Ihnen waren also doch Zweifel gekommen?»

Der Doktor lächelt, antwortet aber nicht.

«Wie erklären Sie es sich dann?», insistiert Melluso.

«Warum muss man es denn überhaupt erklären, mein Freund?»

Eine Woche später findet der Doktor bei der Rückkehr von seiner Runde zu Hause ein Billet des Präfekten vor, in dem ihm mitgeteilt wird, der Signor Marchese sei zurückgekehrt und erwarte ihn um drei Uhr in der Präfektur.

Kaum stehen der Doktor und der Marchese einander gegenüber, fallen sie sich spontan in die Arme wie zwei alte Freunde. Ein wenig verlegen trennen sie sich wieder voneinander. Der Präfekt kann sein Erstaunen nicht verbergen. Also ist es doch wahr, was man sich erzählt und was bis zu ihm vorgedrungen ist, dass die beiden Stiefbrüder sind? Er begleitet sie in den gewohnten Salon und entfernt sich. Der Marchese ist sichtlich erschöpft.

«Ihre Gattin ist wohlauf?», erkundigt er sich.

Nachdem die Höflichkeitsfloskeln ausgetauscht sind, zieht er die Schachtel hervor, öffnet sie und zeigt dem Doktor die kleine Akragas, doch statt sie ihm zu überreichen, legt er sie auf das Tischchen.

«Seine Majestät hat Ihre exquisite Höflichkeit mit dem Ausdruck größter Wertschätzung gewürdigt und dankt Ihnen.»

Da der Doktor nicht weiß, was er sagen soll, macht er im Sitzen eine halbe Verbeugung.

«Hören Sie», fährt der Marchese fort. «Heute bleibt Ihnen nicht mehr genug Zeit, die Münze wieder im Schließfach zu deponieren, oder?»

«Ich glaube nicht.»

«Dann lassen Sie sie noch eine Weile bei mir. Hier in der Präfektur ist sie sicher.»

«Einverstanden.»

«Darf ich Sie fragen, ob es Ihnen nicht allzu lästig wäre, wenn ich Sie morgen wieder auf Ihrer Runde begleite? Ich habe zwei Flaschen von meinem Wein mitgebracht, eine für Sie und eine für Don Minico.»

Die Miene des Doktors hellt sich auf.

«Lästig? Aber durchaus nicht!»

Doch er hat begriffen, dass der Marchese ihm etwas sagen will und dass er dies lieber tun möchte, während er in der frischen Morgenluft an seiner Seite reitet.

Er erscheint pünktlich auf die Minute um fünf, im Jagdanzug. Diesmal ist er allein gekommen, jetzt kennt er den Weg. Und die Einladung zum Kaffee wiederholt sich mit dem dazugehörigen Handkuss für die hingerissene 'Ndondò. Eine Einladung, die mit einer Flasche Wein aus der Produktion des Marchese erwidert wird.

Welcher zu sprechen beginnt, kaum dass sie die Stadt hinter sich gelassen haben.

«Ich möchte Ihnen sagen, dass ich mir erlaubt habe, eine Initiative zu ergreifen, wobei ich mich jedoch auf das gestützt habe, was Sie mir beim letzten Mal anzuvertrauen geruhten.»

«Was für eine Initiative?»

«Vor einiger Zeit hat Seine Majestät mir die Ehre erwiesen, mich in ein Problem einzuweihen, das Ihn beschäftigt... Sagen wir so: Er wollte sich privat bei einem ausländischen Diplomaten bedanken, der... Bitte entschuldigen Sie, mehr darf ich Ihnen nicht sagen. Dieser Diplomat würde es indessen als eine Beleidung auffassen, wenn er von Seiner Majestät, was weiß ich, ein Schmuckstück für seine Gattin oder etwas Ähnliches erhielte ... Es musste also etwas Unverkäufliches und gleichzeitig sehr Wertvolles gefunden werden ... Und so ist mir die Idee gekommen, Seiner Majestät vorzuschlagen, Ihre Münze zu kaufen und sie diesem Mann zum Geschenk zu machen. Sie werden entschuldigen, dass ich ...»

«Sie müssen sich nicht entschuldigen. Was hat Seine Majestät Ihnen geantwortet?»

«Der König war so gütig, meinen Vorschlag anzunehmen.»

Der Marchese zündet sich eine Zigarre an. Nach dem ersten Zug spricht er weiter.

«Wenn Sie einverstanden sind, sagen Sie mir einfach nur, wie viel ... nun, welche Summe Sie verlangen und ... Denken Sie darüber nach. Ich habe vor, morgen Nachmittag wieder abzureisen.»

Der Doktor fällt in ein langes Schweigen. Er ahnt, dass die Geschichte an ihr Ende kommt. Vielleicht war es das, was die kleine Akragas wollte.

«Ich habe mich entschieden», sagt er plötzlich mit fester Stimme. «Nehmen Sie die Münze mit. Aber ich will keinen Centesimo dafür.»

Der Marchese bricht in Gelächter aus.

«Diese Antwort hat Seine Majestät vorausgesehen! ‹Ein solcher Mensch wird keinen Centesimo haben wollen›, hat Er gesagt. Darum schlage ich Ihnen eine Alternative vor.»

«Welche?»

Der Marchese schildert sie ihm. Nicht ganz, den Teil, der den Doktor persönlich betrifft, verschweigt er.

Beim Zuhören ist dem Doktor, als erlebte er ein Märchen und wäre ein Teil davon. Da aber niemand erfahren darf, dass er die Münze dem König geschenkt hat, vereinbaren die beiden, am nächsten Tag in die Bank zu gehen, wo der Doktor die leere Schachtel in das Schließfach legen wird.

Anderthalb Monate später wird der Gefangene Pietro Cammarota durch einen Erlass motu proprio Seiner Majestät Vittorio Emanuele III., König von Italien, begnadigt. Zwei Monate später gewährt der König Vittorio Emanuele III. motu proprio Saverio Bonaviva, dem Sohn des von Pietro Cammarota ermordeten Mannes, eine Rente auf Lebenszeit.

Im Ort brodeln die Gerüchte, niemand kann sich das Interesse des Königs an den Angelegenheiten von Vigata erklären.

Drei Monate später wird Doktor Stefano Gibilaro zu seinem großen Erstaunen für «eminente zivile Verdienste» zum Großoffizier der Krone von Italien ernannt.

Von nun an verbinden alle das Interesse Seiner Majestät mit dem Besuch des geheimnisvollen Marchese bei Doktor Gibilaro. Dieser muss sich vor dem Ansturm seiner Mitbürger mit 'Ndondò nach Palermo in das Haus seines Sohnes flüchten.

Eines Abends im Klub erzählt Melluso mit vorheriger Einwilligung des Doktors den Mitgliedern, die an seinen Lippen hängen, die «Wahrheit» über die Ereignisse. Damit der ganze Ort sie kennt und der Doktor unbesorgt nach Vigata zurückkehren kann.

«Liebe Freunde, was ich euch jetzt sagen werde, habe ich aus vertraulichen Dokumenten erfahren. Darum bitte ich euch um die allergrößte Diskretion. Wer vermutete, dass Doktor Gibilaro und der Marchese General Giustino di San Lorenzo Stiefbrüder sind, hat richtig geraten. So hat es sich abgespielt:

Vor über fünfzig Jahren lernte der Vater unseres Doktors, ein schöner junger Mann von fünfundzwanzig Jahren, bei einem Empfang eine bezaubernde junge Gräfin kennen. Die Dame war bereits mit dem Marchese Alessandro di San Lorenzo verheiratet. Gleichwohl entbrannte zwischen den beiden eine ungestüme, heftige Leidenschaft, und …»

Anmerkung

Diese Geschichte hat ihren Ursprung in einer Chronik unserer Familie oder auch einer Legende, die man sich in unserer Familie erzählte. Ihr zufolge traf ein entfernter, auch in zeitlichem Sinne ferner Verwandter, der Arzt und Numismatiker war, eines Tages einen Bauern, der ihm eine Münze zeigte, die er beim Umgraben entdeckt hatte und dem Arzt schenken wollte. Der Arzt erkannte sie sofort, es war die sagenumwobene kleine Akragas. Er wollte sie an sich nehmen, fiel vom Pferd und brach sich ein Bein.

Wie die Chronik oder die Legende weiter berichten, schenkte der Doktor die Münze später dem König Vittorio Emanuele III., der Interesse an ihr bekundet hatte, und erhielt dafür die Auszeichnung eines Großoffiziers.

Alles andere habe ich frei erfunden (mit Ausnahme des Erdbebens von Messina, wohlgemerkt), auch die Namen der Figuren. Doch das habe ich erst getan, nachdem Eileen Romano, der ich hiermit danke, mir aufgrund ihrer Recherchen versichert hat, dass die Geschichte, die ich im Familienkreis erzählen hörte, mehr als eine Legende ist.   *a. c.*

Der Verleger dankt Valentina Alferj für ihre unermüdliche, wertvolle Mitarbeit; außerdem Salvatore Settis, Nicola Franco Parise, Lucia Travaini und Maria Conconi für die wissenschaftliche Beratung.

Bibliographie

C. M. Kraay, *Greek Coins*, London 1966

L. Braccasi/E. De Miro (Hrsg.), *Agrigento e la Sicilia Greca*, Akten der Tagung in Agrigent, 2.–8. Mai 1988

G. Manganaro, *Darici in Sicilia e le emissioni auree delle poleis siceliote e di Cartagine nel VIII sec. a. C.*, in: «Revue des Études Anciennes», Bd. XCI (1989)

N. K. Rutter, *The Greek Coinages of Southern Italy and Sicily*, London 1997

N. Bonacasa/L. Braccasi/E. De Miro (Hrsg.), *La Sicilia dei due Dionisî*, Akten der Tagung in Agrigent, 24.–28. Februar 1999

G. Boatti, *La terra trema*, Mailand 2004

L. Travaini, *Storia di una passione. Vittorio Emanuele III e le monete*, Rom 2005 (2. Aufl.)

Bildnachweis

Inhalt

Andrea Camilleri
Streng vertraulich

Aus dem Italienischen von Sigrid Vagt
Roman. 272 Seiten, gebunden
ISBN 978-3-312-00468-3

Camilleris neuer Roman ist die köstliche Geschichte
eines eleganten Schlitzohrs und Frauenverführers, der
eine mächtige Bürokratie austrickst. Die Grundlage dieses Buchs ist eine wahre Begebenheit, aus der Camilleri
ein fulminantes Lesevergnügen zaubert: 1929 reist der
Neffe des äthiopischen Kaisers Negus nach Vigàta in Sizilien, um zu studieren. Und die faschistische Diktatur versucht das für ihre Zwecke auszunutzen. Intelligenter und
witziger kann Unterhaltung nicht sein.

Streng vertraulich war bei Publikum und Medien ein
immenser Erfolg und stand über Monate auf Platz eins
der Bestsellerliste in Italien.

«Camilleri serviert seinen Lesern eine höllisch ge-
würzte Geschichte, die zeigt, dass der kaiserliche Spross
nicht nur spielsüchtig, notorisch klamm und ein lüster-
ner junger Bock ist, sondern wie Blechtrommler Oskar
auch den faschistischen Apparat der Lächerlichkeit preis-
gibt. Ebenso tiefgründig wie urkomisch.»   Niklas Bender,
Frankfurter Allgemeine Zeitung

Nagel & Kimche